丝绸之路名家精选文库

文库主编：李　舫

丝 绸 之 路 名 家 精 选 文 库

西 北 纪

叶 舟

中国出版集团公司
華 文 出 版 社

图书在版编目（CIP）数据

西北纪 / 叶舟著 . -- 北京 : 华文出版社，
2017.4
（丝绸之路名家精选文库 / 李舫主编）
ISBN 978-7-5075-4661-3
Ⅰ . ①西… Ⅱ . ①叶… Ⅲ . ①散文集 – 中国 – 当代
Ⅳ . ① I267

中国版本图书馆 CIP 数据核字 (2017) 第 070635 号

西北纪

作　　者：叶　舟
主　　编：李　舫
策划编辑：柯　湘
责任编辑：柯　湘　杨　宁
装帧设计：宁成春　胡长跃
经　　销：新华书店
印　　刷：北京明恒达印务有限公司
开　　本：787mm × 1092mm　1/32
印　　张：10.375
字　　数：160 千字
版　　次：2017 年 5 月第 1 版
印　　次：2017 年 5 月第 1 次印刷
书　　号：ISBN 978-7-5075-4661-3
定　　价：32.00 元

出版发行：中国出版集团公司
华文出版社
地　　址：北京市西城区广外大街
305 号 8 区 2 号楼
邮政编码：100055
发 行 部：010-58336266
编 辑 部：010-58336258
总 编 室：010-58336239
网　　址：http://www.hwcbs.com.cn

叶舟

诗人、小说家。1966年生,毕业于西北师大中文系,发表过大量小说、诗歌及散文作品,作品多次入选各种年鉴、年度选本和中国小说排行榜,并被译为英、法、日、韩等国文字,有部分小说被改编为影视剧。

著有诗文集《大敦煌》《边疆诗》《练习曲》《叶舟诗选》《敦煌诗经》《引舟如叶》《世纪背影》《花儿》;散文集《漫山遍野的今天》《漫唱》;
小说集《叶舟小说》(上下卷)、《叶舟的小说》《第八个是铜像》《我的帐篷里有平安》《伊帕尔汗》以及长篇电视连续剧《我们光荣的日子》等。

作品曾获得第六届鲁迅文学奖、《人民文学》小说奖、《人民文学》年度诗人奖、《十月》诗歌奖等。现为甘肃省作家协会副主席。

作家印象

叶舟由诗而入散文，他的散文仍难得地葆有高蹈轻扬的诗性和从容不迫的诗心。古老的西北，堆积着中国的民间故事和壮阔历史，叶舟以诗人般敏锐的观察、鲜活的灵感、独特的想象和拳拳的赤子之心，将这些故事和历史收纳进他的如椽巨笔之下。叶舟擅长叙事，他的散文如诗行般跳跃，却雍容华贵、气韵悠长。他对于丝绸之路历史的描述有着独特的理解和体认，他生动地向我们展示了一个被人遗忘的文明世界，每一段岁月的纹路，每一次幽远的回溯，都无比精彩，深邃高远，令人难忘。

——李　舫

目　录

世界是平的，世界是通的

《丝绸之路名家精选文库》总序

一

山积而高，泽积而长。

在苍莽辽阔的欧亚非大陆，有这样两“条”史诗般的商路：一条在陆路，商队翻过崇山峻岭，穿越于戈壁沙漠，声声驼铃回荡遥无涯际的漫长旅程；一条在海洋，商船出征碧海蓝天，颠簸于惊涛骇浪，点点白帆点缀波涛汹涌的无垠海面。

这两“条”商路，一端连接着欧亚大陆东端的古中国，一端连接着欧亚大陆西端的古罗马——两个强大的帝国，串起了整个世界。踏着这千年商路，不同种族、不同肤色、不同语言、不同信仰、不同文化、不同理念的人们往来穿梭，把盏言欢。

正是通过这条史诗般的商路，一个又一个宗教诞生了，一种又一种语言得以升华，一个又一个雄伟的国家兴衰荣败，一种又一种文化样式不断丰富；正是通过这条史诗般的商路，中亚大草原发生的事件的余震可以辐射到北非，东方的丝绸产量无形中影响了西欧的社会阶层和文化思潮——这个世界变成了一个深刻、自由、畅通，相互连接又相互影响的世界。19世纪末，德国地质学家费迪南·冯·李希霍芬将这个蛛网一般密布的道路命名为“丝绸之路”。

几千年来，恰恰是东方和西方之间的这个地区，把欧洲和太平洋联系在一起的地区，构成地球运转的轴心。丝绸之路打破了族与族、国与国的界限，将人类四大文明——埃及文明、巴比伦文明、印度文明、中华文明串连在一起，商路连接了市场，连起了心灵，联结了文明。

正是在丝绸之路上，东西方文明显示出探知未知文明样式的兴奋，西方历史学家尤其如此。古老神秘的东方文明到底孕育着人类的哪些生机？又将对西方文明产生怎样的动力？英国学者约翰·霍布森在《西方文明的东方起源》一书中，回答了这些疑问："东方化的西方"即"落后的西方"如何通过"先发地区"的东方，捕捉人类文明的萤火，一步步塑造领导世界的能力。

正是在丝绸之路上，西汉张骞两次从陆路出使西域，中国船队在海上远达印度和斯里兰卡；唐代对外通使交好的国家达70多个，来自各国的使臣、商人、留学生云集长安；15世纪初，航海家郑和七下西洋，到达东南亚诸多国家，远抵非洲东海岸肯尼亚，留下了中国同沿途各国人民友好交往的佳话；明末清初，中国人积极学习近代科技知识，欧洲天文学、医学、数学、几何学、地理学纷纷传入中国，开阔了中国人的视野。之后，中外文明交流互鉴更是频繁展开。

正是在丝绸之路上，世界其他文明也在吸取中华文明的营养之后变得更加丰富、发达。源自中国本土的儒学，早已走向世界，成为人类文明的一部分。佛教传入中国后，同儒家文化和道家文化融合发展，形成了具有中国特色的佛教文化和理论，并传播到日本、韩国及东南亚，对这些国家的哲学、艺术、礼仪等产生了深刻影响。中国的造纸术、火药、印刷术、指南针四大发明带动了整个世界的革故鼎新，直接推动了欧洲的文艺复兴。中国哲学、文学、医药、丝绸、瓷器、茶叶等传入西方，渗入西方民众日常生活之中。

法国总统戴高乐评价道，中国不仅仅只是一个国家或是民族国家，她更是一种文明，一种独特而深邃的文明。中华文明曾长期处于世界领先地位，是世界主流文化之一，对包括西方文化在内的其他地区文化曾产生过重要影响，排他性最小，包容性又最强。我们奢侈地“日用而不觉”的，就是这样一种文化。它已与我们经济生活、社会生活和日常生活中的根本的价值取向相结合，不断地延展和衍生自己，成为最基础也最扎实的一层底色。西方学者曾经评价空前鼎盛、空前繁荣的隋唐时代，在唐初诸帝时代，中国的温文有礼、文化腾达和威力远被，同西方世界的腐败、混乱和分裂对照得那样的鲜明，以致在文明史上立刻引起一些最有意义的问题。中国由于迅速恢复了统一和秩序而赢得了这个伟大的领先。美国史学家爱德华·麦克诺尔·伯恩斯、菲利普·李·拉尔夫在《世界文明史》中写道：中国文明之所以能长期存在，有地理原因，也有历史原因。中国在它的大部分历史时期，没有建立过侵略性的政权。也许更重要的是，中国伟大的哲学家和伦理学家的和平主义精神约束了它的向外扩张。

由是，经济得以繁荣，文化得以传播，文明得以融合。

二

然而，令人痛惜的是，16、17世纪以降，丝绸之路渐次荒凉。中国退回到封闭的陆路，丝绸之路的荒凉逼迫西方文明走向海洋，从而成就了欧洲的大航海时代，推动了欧洲现代文明的发展和繁荣。

欧洲中心世界与世界崛起为全球化的主要载体密不可分。据不完全统计，地球71%的面积被海洋覆盖，90%的贸易通过海洋进行。世界银行的一份资料证明，全球产出的八成来自沿海100公里地带。这个事实构筑了近代世界的真实景象：边缘型国家的崛起与文明中心地带的塌陷，从葡萄牙、西班牙、荷兰、英国到美国，大国因海洋而崛起，文明因大陆而衰落。

今天，作为负责任的东方大国，中国在思考，如何用文明观引导世界布局、世纪格局，这是中国应该担负的使命。

《易经》有云："往来不穷谓之通……推而行之谓之通。"雅各布·布克哈特在《意大利文艺复兴时期的文化》中说："任何一个文化的轮廓，在不同人的眼里看来都可能是一幅不同的图景。"文明的断裂带，常常是文明的融合带。在21世纪的第二个十年，中国再次将全球的目光吸引到这条具有非凡历史意义的道路上。如果将丝绸之路比喻为中国腾飞的两只翅膀，那么互联、互通就是两只翅膀的血脉经络。随着丝绸之路的复兴，不仅是对中华优秀传统文化的重新梳理，创造性转化、创新性发展，更是东西方文明又一次大规模的交流、交融、交锋。对于骄傲的西方，神秘东方的价值恰在于此。正是在与世界其他文明持续的交流互鉴中，中华文明不断发展壮大；也正是在中华文明不断走出去的过程中，世界文明得以丰富和繁荣。

美国学者弗里德曼说，世界是平的。其实，在今天的现代化、全球化背景下，世界不仅是平的，而且是通的。毋庸讳言，我们的全球化，还仅仅是部分国家、地区的全球化，而对于大部分国家而言，全球化还只是一个遥远的梦想。中国提出的“一带一路”的伟大战略构想，不仅意味着复兴古代丝绸之路的辉煌，更体现了崛起的中国以天下为己任的胸怀与担当。在这种意义上，“一带一路”的伟大战略构想不啻于第二次地理大发现。

万物并育而不相害，大道并行而不相悖。历史是一面镜子，从历史中，我们能够更好地看清世界、参透生活、认识自己；历史也是一位智者，同历史对话，我们能够更好地认识过去、把握当下、面向未来。观古今于须臾，抚四海于一瞬。

作家莫言说过一句饶有趣味的话："世间的书大多是写在纸上的，也有刻在竹简上的，但有一部关于高密东北乡的书是渗透在石头里的，是写在桥上的。"中国传统文化就如同那些镌刻在石头上的高密史诗，如同宏博阔大的钟鼎彝器，事无巨细地将一切"纳为己有"，沉积在内心，旁通而无滞，日用而不匮。

落其实者思其树，饮其流者怀其源。中华民族生生不息绵延发展、饱受挫折又不断浴火重生，都离不开中华文化的有力支撑。中华文化不仅是个人的智慧和记忆，而且是整个中华民族的集体智慧和集体记忆，是我们在未来道路上寻找家园的识路地图。中华民族的子子孙孙像种子一样飘向世界各地，但是不论在哪里，不论是何时，只要我们的文化传统血脉不断，薪火相传，我们就能找到我们的同心人——那些似曾相识的面容，那些久远熟悉的语言，那些频率相近的心跳，那些浸润至今的仪俗，那些茂密茁壮的传奇，那些心心相印的瞩望，这是我们中华民族识路地图上的印记和徽号。今天，我们有责任保存好这张识路地图，并将它交给我们的后代，交给我们的未来，交给与我们共荣共生的世界。

三

中国是文章大国，有文字记载并从完整作品开始计算的文学史，已达3000年之久。作为与诗词并列为文学正宗的重要文体，中国散文更是源远流长，浩浩汤汤，在殷商时代已初具特质。这是从正值盛年的土壤里生长出来的文化情怀和文化自信，元气蓬勃，淋漓酣畅。

《丝绸之路名家精选文库》承续着这股源源不竭的潮流。第一辑包括14位名家的散文佳作：王巨才的《垅上歌行》、丹增的《海上丝路与郑和》、陈世旭的《海的寻觅》、陈建功的《默默且当歌》、张抗抗的《诗性江南》、梁平的《子在川上曰》、阿来的《从拉萨开始》、吉狄马加的《与白云最近的地方》、林那北的《蒲氏的背影》、韩子勇的《在新疆》、刘汉俊的《南海九章》、叶舟的《西北纪》、郭文斌的《写意宁夏》、贾梦玮的《南都》。

这些作家，有耄耋长者，有青年才俊，他们风格迥异，各有妙趣，14部书稿，清典可味，雅有新声，纵横浩荡地连接起丝绸之路的文明长廊。

凡益之道，与时偕行。王巨才是一位深情的诚实的大地歌者，他的《垅上歌行》如同生养他的黄土高原一样，即便沟壑纵横，纵使黄沙扑面，仍令人感受到难以忘怀的苍茫和浑厚。他执笔半个世纪，所思所想所劳所愿，皆是时代命题、人民篇章。“文章合为时而著，歌诗合为事而作”，白居易的这句话是王巨才散文的最好写照。立采诗之官，开讽刺之道，察其得失之政，通其上下之情，此四者，也恰是王巨才的文章道法。王巨才的笔触，致力承继白居易、元稹、刘禹锡以来浩浩汤汤的汉唐文风，字里行间迎面扑来的是浓郁的时代氛围和强烈的生活气息，是契合着历史大势和社会走向的艺术图景与审美风度。

丹增的文字具有自然般的神力，复苏了一个古老大陆的命运和梦想。丹增，翻译成汉语，就是继承、弘扬和扶持佛法。从青藏高原到彩云之南，丹增不断地以明察而热切的力量，加持自我，照亮周遭，为日渐消弭的世界筑起了一道永恒的记忆堤坝。不论是藏文还是汉语，黑黢黢、密麻麻的文字背后，我们仿佛看到那些不甘心的光芒挤压出来，它们飘浮着，陌生，别致，灵动，晦涩难懂，曲折复杂，像雾像雨又像不羁的风，像预言像隐喻又像莫名的谶语。他笔端的生死，不是两极，而是一体；他胸中的万物，各有其灵，尽善尽美。生死万物都平等地沐浴阳光，开枝散叶，春种秋藏，它们是神祇的宣示、真理的昭告，大音希声，却震慑寰宇。

陈世旭将书斋由相对安静的老区迁至繁华喧嚣的大都市，他的写作却愈发有一种大隐隐于市的淡泊和从容。陈世旭勤于读书，长于思辨，学养厚实。他的文字简洁洗练，刚健沉雄，大气磅礴，既浸淫着寥廓的古意，又充满了蓬勃的现代感。他热爱自然，寄情山水，登山则情满于山，观海则意溢于海，从美学和世界观的高度阅读大地文章，延续了中国文字自古以来洋溢着的无限张力和灿烂传统。

耳顺之年重返故地，陈建功日常生活的双城记里，有着比他自己的想象多得多的悲欣交集。在“寻根文学”风生水起的时候,他找到了“京味儿”的魅力。他的散文，沉着中有昂扬，追索中有挣扎，平静中有波澜，温醇和煦，却如寒风一般劈开一城的雾霾，清冷凛冽。陈建功同他的文学一道，置身历史进程的迷狂，搏击历史洪流的漩涡，却大开大阖，收放自如，他的文学就是他的人生。他深深地懂得，伟大的时代不仅需要讴歌者，更需要叹惋者与沉思者。答中有问,问中有答,方能无所不能，无远弗届。

张抗抗出生于江南杭州，这座盛产丝绸的城市两千年来吸引着东西方无数朝圣的使臣。她的笔墨，也有着人间天堂的钟灵毓秀：一叶扁舟泛海涯，三年水路到中华；心如秋水常涵月，身若菩提那有花。她的文章取材深广，目之所及，似乎无所不包，琴棋书画、茶米油盐、高山流水、鼓瑟吹笙，尽入笔端，充满着诗意的想象，包容着深邃的哲理。无论是阳春白雪，还是寻常人家，无论是自然之美，还是心灵感悟，一旦进入她的视域，总会散发出无穷的韵味——一粒沙里，洞见世界，半瓣花中，说道人情。

《子在川上曰》，这是一位诗人送给他生于斯长于斯的大地的颂歌，也是一位作家送给家乡的生命礼赞。梁平的文字，饱满丰盈，细腻真挚，如子规啼血，似东风长歌，幽微中蠡窥宏阔，黯淡里喜见光明。跟随梁平的笔端，我们沿长江、嘉陵江溯流而上，一路奔跑、沉潜、翱翔，同他的爱与恨、愤怒与期冀、疼痛与愉悦同频共振。在他轻灵如诗的文字中，我们仿佛得见他椎心泣血的笔墨、响遏行云的呼号、掷地有声的追问——子在川上曰，逝者如斯夫！这是他关乎大悲喜和大彻悟的哲学问道，是他寻求死之尊严与生之庄重的心灵追索，答案不言自明。

从《尘埃落定》开始，“阿来”这两个字便注定有了特殊的含义。带着敦厚的憨笑，拖着沉重的脚步，阿来从他身后敦厚沉重的高原走来，如同晨曦浮动在大地之上。阿来出生于大渡河上游马尔康的嘉绒藏族，而他生命的道道履痕都始终围绕嘉绒。在这里，他见证了世世代代半牧半农耕的藏民族的寥廓幽静，见证了具有魔幻色彩的高原缓缓降临的浩大宿命，见证了那些暗香浮动、自然流淌的生机勃勃，见证了随着寒风而枯萎的花朵、随着年轮而老去的巨柏、随着时间而荒凉的古老文明。阿来的目光，掠过高原，掠过天空，掠过河流，掠过冰封的大地，掠过凋谢的荣耀，然后——抵达不朽。这就是阿来，他用温暖包裹起彻骨的寒凉，用锋芒挑落被华丽尘封的沧桑，他是这个时代寂寞而执着的“书记官”。

从苍茫寂寥的大凉山走到历史纵横的古都北京，再走到灵魂直接天际的青藏高原，吉狄马加始终坚持自己是一个彝族文化的守望者。他的眼睛里盈溢着圣洁的太阳，他的血管里回荡着马蹄的声音，他的灵魂在字词诗行间舞蹈，他的心在高山和原野间歌唱。数十年来，吉狄马加痴痴地用他的寂寞的吟唱、他的豪放而富有灵性的文字，编织着一个属于自己，更属于同样痛苦、倔强、高贵的伟大民族的颂歌与梦想。他的散文与他的诗歌一样，视域宏阔，洞察敏锐，警譬精妙，蕴含着超凡脱俗的慈爱与悲悯，从而具有了超越种族局限的人类情感，具有了穿越时空睽隔的深邃伦理，具有了史诗的气质和力量。

林那北的散文每每让人有惊奇之感：中国的方块字竟然还可以这样挥洒，甚至是——还可以这样挥霍？阅读她的文字，如同在亚马逊森林中的冒险，你不知道前方出现的会是鹦鹉还是猕猴，鳄鱼还是猛虎，但是你一定知道，你将会遭遇离奇，遭遇惊诧，遭遇错愕，它们是生活的热辣辣的底料，活泼泼的味道。然而，林那北散文的魅力恰在于此，正是文字的疏离嫁接了认知的陌生，认知的陌生带来了阅读的艰涩，阅读的艰涩又制造了思想的愉悦，她的书写具有了非常有趣的气质：以矛盾结构矛盾，以悖论解构悖论，以想象冲击想象，精密，精细，精深，精致，重要的是——好看。

你在什么地方、什么时间——你就是什么。在社会的榛莽漂泊、在未知的命运流浪，心如猛虎、魂无定所。生命的焦虑由此而来。韩子勇的《在新疆》，告诉你的，就是这样一份关于漂泊、寻找和指认的隐秘笔录。

出生于湖北赤壁的刘汉俊，却以海南主题文章闻名。如果说，一人与一地，出生是一种因果，那么相遇、相知便是一种缘分。刘汉俊与海南的缘分，是刘汉俊之幸，更是海南之福。李白曾云，大块假我以文章。刘汉俊为文之道，是“大块”之道，他优游岁月，披览史料，为人、为物、为事，却不仅仅为文而作。刘汉俊的文章，察时观世，说古道今，它们站在未来，提前为被审判的时间作出判决。他让我们懂得，好的散文，是一切文体之上的文体，它们以最匍匐的姿态，阐释最昂扬的力量，终将浮出历史的地表，超越时代的局限，它们在一切写作之上，在万事万物之上。

叶舟由诗而入散文，他的散文仍难得地葆有高蹈轻扬的诗性和从容不迫的诗心。古老的甘肃，堆积着西北中国的民间故事和壮阔历史，叶舟以诗人般敏锐的观察、鲜活的灵感、独特的想象和拳拳的赤子之心，将这些故事和历史收纳进他的如椽巨笔之下。叶舟擅长叙事，他的散文如诗行般跳跃，却雍容华贵、气韵悠长。他对于丝绸之路历史的描述有着独特的理解和体认，他生动地向我们展示了一个被人遗忘的文明世界，每一段岁月的纹路，每一次幽远的回溯，都无比精彩，深邃高远，令人难忘。

从年节民俗、乡土伦理中走出来的郭文斌，宽柔，慈敏，面上灭除忧喜色，胸中消尽是非心。他的为文，就像他的为人一样，谦卑中有傲岸，安详中有叱咤风云。他用悲悯的目光打量着世界，世界也以慈悲的胸怀拥抱着他。郭文斌那至为敏锐、清新与优美的语言，以及驾驭这些语言的高超的技巧，使得他拥有众多的拥趸。他们在他的文章里找到了内心的吉祥如意，找到了远离喧嚣纷扰的精神上的世外桃源，这也使得他的文字和他的思想都成为中华民族传统的一部分，这是中华民族的浪漫和诗意，如大地一样广袤敦厚，雍容包藏。

望之若新，忽焉若旧；望之若刚，忽焉若柔；望之若春，忽焉若秋；望之若华丽，忽焉若朴素。这是贾梦玮对文学的期待，又何尝不是他对自己的期待？秦淮河水仍静静地流淌着。贾梦玮伫立河畔，许多许多个世纪之前的故事就这样缓缓流淌在他的笔端，如同身边荡漾的水波。蹉跎暮容色，煊赫旧家声，六朝古都南京的历史况味如此富饶、丰盈，那些温馨和美好、张扬和放肆、落寞和枯索、无奈和参悟，此时此刻，都与河水一道，潺潺而来，怨而不怒，哀而不伤。在旧日旧事中捡拾淘洗的历史，不仅有着沧桑的面容，更有着清晰的年轮、流淌的血脉。

人事必将有天事相参，然后乃可以成功。1500年前，刘勰针对当时泛滥一时的讹滥浮靡文风，提出文章之用在于“五礼资之以成，六典因之致用。君臣所以炳焕，军国所以昭明。”而今，刘勰的感慨更值得我们深思。《丝绸之路名家精选文库》的宗旨也恰在于此——以文载道，以文言道，以文释道，以文明道。

一个时代有一个时代的气象，一个时代有一个时代的文化。正是文化血脉的蓬勃，完成了时代精神的延续。中国散文近年来以汪洋肆意的姿态在生长，可谓千姿百态、异彩纷呈，而且作为一个文学门类，它在虚构与非虚构两端都各趋成熟。在我们的散文写作中，越来越多年轻的、德才兼备的散文作家丰富着我们的园地，他们职好不同，风格迥异，文字或剑拔弩张、锋芒逼人，或野趣盎然、生机勃勃，或和煦如春、温润如玉。这些散文家的写作，构成了中国当下散文创作一个不可忽视的事实：家国情绪，时代华章。

这套文库总计150余万字。翻阅完这部作品，不禁想起莎士比亚那句意味深长的话：

“凡是过去，皆为序章。”

李 舫

2017年4月

何谓丝绸之路

——以河西走廊为例

丝绸是柔软的，它的幽雅与奇幻，色泽与纹理，代表了精致、富庶、高贵、江南、水以及摇曳斑斓的理想生活。它是古代中国的一个世俗符号，让一辈辈的先人们趋之若鹜，渴望衣锦而行，吹气如兰。丝绸也是坚硬的，当它从中国南方的蚕桑之地一跃而起，掉头北向时，一种神秘的意志与情怀便贯注其中，于是它就成了拓荒、西进、光荣、牺牲、开放和胸襟的代名词。它腋下生翼，高挂于北斗之上，由此成为我们这个民族一根生动的血管，一条脊椎般的天路，纵横西东。

谁也未曾料到，一只卑微的蚕所吐露的内心，却在此后风沙漫天的西域，在苍茫无尽的岁月深处，结成了一条天网般的大道。在这条路上，走来了宗教、乳香、琥珀、玳瑁、玉石、天马、植物和各种菜蔬，也走去了丝绸、铜镜、凤凰、纸张、印刷、儒典和灿烂诗篇。这条路不仅输送了贸易、技术和图案，同时也交流了思想、伦理、道德和人生观。无疑，它是人类历史上最具想象力和变革精神的一条通道，它用一匹浪漫的丝绸，将东方和西方紧密地簇拥在了一起。它是当年的全球化的逼真体现。它犹如一道灵光，让古代中国获得了神示，找见了一块“上马石”，也找见了一片能够凭倚的广袤后方，一个新的方向。

所以，当卓越的地理学家费迪南·冯·李希霍芬男爵于 1877 年，在他的《中国》一书中第一次造出“丝绸之路”（the silk road）这个词时，横亘于亚洲腹地深处的这一条天路，便逐渐掸落了灰尘，露出了它清晰的五官和婀娜的身姿。是的，丝绸是物质的，不仅可以穿衣蔽体，展示身份与地位，同时亦是能够量化的，去充当货币和军饷。但在我们民族的心灵史和成长史中，丝绸更是精神性的，它是独立、自信、富裕、和平和原创的象征。丝绸之路仿佛一组庞大而顽强的神经系统，延展于长安以远的广大西域，让那里的生民和万物谨守四序，春种秋收，迁延至今。

太庞大，也太深邃了，所以我只能选取河西走廊这一段，来探究丝绸之路的秘密奥义。

河西走廊，亦称甘肃走廊，因其位于黄河上游以西，又称河西走廊。它东起天堑乌鞘岭，西达古玉门关，绵延一千余公里。它南倚一脉千里的祁连山和阿尔金山，北靠罡风浩荡的马鬃山、龙首山与合黎山，形成了一条绿洲连绵的狭长通道。河西走廊所辖的武威（凉州）、张掖（甘州）、酒泉（肃州）、嘉峪关、敦煌（沙州），自古而来就是水草丰美、物产丰富的西北粮仓，同时又是重要的战略要地和边防要塞。在中国境内的丝绸之路上，尤以河西走廊显得底蕴深厚，波澜壮阔，一再地承载了我们民族最初的梦想和积极的作为。

在历史的肌理深处，在流沙坠简似的过往岁月中，丝绸之路究竟为我们民族带来了什么样的启蒙？怎样的开篇？这里，谨以河西走廊为例：

一，河西走廊印证了我们民族奔跑的少年时代与青春期

是的，大地说明了他们。

考察世界上任一民族的历史与发展，必须返身回向，深入她的源头，去探究她何以成为现在的全部理由。这些理由包括骨骼、血脉、经络、DNA 等，也包括她童蒙的开启与稚嫩的涂鸦。古埃及人在他们成长的初期，便贡献了灿烂的金字塔、法老、面具、木乃伊和无数尼罗河的传说。古希腊和古罗马人在他们的发声阶段，捧出了神话、传奇、庙宇和恢弘的哲学，泽被了后世的文学与艺术。在耶路撒冷和阿拉伯半岛上，几个悠久的民族创立了各自的宗教，树立了圣人和规范，由此绵延千年，始终在测度着人们心灵的深度和信仰的方向。在两河流域及波斯高原，一串阿拉伯数字，一本《天方夜谭》，一座空中花园，至今犹如天籁之水，令我们扪心倾听，获取了不竭的营养与灵感。

在我们民族的早期，也有一个抽枝发芽、表情焕然的天真童年。那时的先人们驻守晨昏，沐浴天地，身体是干净的，精神是清洁的，一派无邪的欢乐。那是《诗经》的时代。她一点儿也不逊色，她奉献出了瑰丽的诗篇、农耕、节气和对这个星球上自然万物的神奇想象。她背靠西天，在东方的土地上一个人顾影自盼，渴望淬火，求取一种庄重的成人礼。

于是，试探来了，匈奴大军仿佛一堵垮下来的高墙，催逼着她快速成长。

如今的河西走廊，呈现出了这个地球上除海洋之外的所有的地形地貌。沙漠、雪山、戈壁、草原、绿洲、冰川，以及无垠的良田，使这里成了一片成人的风景，如果你不了解她的前世今生，如果你不曾听见过风中传来的远古的呼啸，你就不会爱上她。那时的匈奴人骑在马上，显然窥见了这一片壮烈风景，他们若一阵烟尘似的席卷南下，却冷不丁地碰见了一位少年。不，是整整一群，一群长身玉立的白衣少年。

领头的少年叫刘彻。后世的人们因为他的不世之功，将其尊称为汉武大帝。

自秦至汉，我们民族的少年时代便拉开了帷幕。幸运的是，登上这个少年舞台的恰巧是一帮天纵之才，他们好奇，奔跑，血勇，独孤求败，渴望征服，每一块肌肉上都充满了力量与雄性荷尔蒙。他们一心想看遍世上的所有风景，想去追逐落日，去触摸地平线的尽头。那是一个行动的时代，是我们民族的“旧约年代”，没有废话,没有陈词,也没有羁绊。她碰巧遇上了南下的敌手，不免怒发冲冠，引刀一试。

那一刻，江山和社稷就寄在了这一群美貌少年的身上，他们的名字可以开出一个长长的单子：刘彻，卫青，霍去病，李广……他们的信念就是匈奴未灭，何以家为。他们相信自己就是一块耐火的城砖，要去奠基。他们明白自己必须做一把刀，不能躲在鞘中，自毁锋芒。对了，还有一个姗姗来迟的使臣张骞。他第一次用双脚丈量了这一条河西走廊，他踏勘，他摸排，他受难，他几乎用一己之力，像一枚尖锐的针刺破了未知的天幕，不辱使命，找见了方向和地平线，完成了这一趟“凿空”之旅。那一刻，这个帝国在开疆拓土，在金戈铁马，上演了一幕幕浪漫主义和英雄主义的大戏。无疑，这是一出恳切而艰难的成人礼，让我们民族在燃情岁月中终于技成出徒，有了初次的飞翔。

的确，唯有大地，唯有河西走廊，才能说明这一群奔跑而壮美的少年。在《飞将军》一诗中，我曾经这样写道：

多少漠北　多少黄沙碧血
多少首级　篝火　杀戮和夜宴之饮

多少密集的箭矢　像冲突的内心
多少征衣　带着露水　多少寒凉

让一个人的骨骼清丽　多少回望
多少难以启齿的爱　干涸到底

多少辞别　多少马革裹尸
在丘陵　雪山　戈壁　多少一览

无余的热情　寂灭成灰
多少速度　多少蹄铁和巨石

砌筑了飞行　多少奔跑和跌仆
青春　回忆　燃情岁月中的丰碑

多少结盟　但走下去的还是自己
多少宫阙与丹墀　一册山河里

多少开疆斥土　犹如血红色的
晚霞　犹如一张无辜的羊皮

多少书写　被世代转移
多少酒　胡舞　传唱　被夜色记取

多少天空　忘了祭祀
多少马背上的神祇　带着秘密的意志

多少里　才能返身看清自己
多少千回百转　配得上引颈一死

也恰是在那时，我们民族才正式获得了自己的姓氏、血缘、谱系和底色，才真正拥有了自己的西部疆域、后方、屏障以及梦想的仓库。这一条千里走廊，带着她无尽的石窟、烽燧、城墙、崖壁和山脊，让一个新生的帝国不仅有了广阔的战略纵深，也有了精神的海拔与高度，真可谓敦煌日落，大漠苍黄，饮马冰河处，西认天狼。

这一时期，我们民族的属相是马。天马高蹈，长歌不绝。

一个人仅仅有了成人礼是不够的，他还需要一场青春的确立。对我们民族而言，这一场青春期的挥洒和宣喻，醉酒与狂欢，追逐和认知，则是由一群从大唐盛世里逃逸而出的诗人和释子们完成的。文章千古事，社稷一戎衣。于是，在少年刘彻之后，在西进的硝烟渐渐消失后，这个国家先后有了法显、玄奘、鸠摩罗什等人去取经，去问道，去译介，去求索，从而满足自己对天边的一切想象，用远方的养料来填充自己饥渴的求知欲。至今，矗立在凉州城内的罗什寺，仿佛仍在用一枚枚珍贵的舌舍利，诉说着当年的脚印、美和青春。

在求法僧的另一侧，于河西走廊的晨昏中，还有一群诗人们衔命出走，一路上题诗作赋，歌吟不断。他们用平仄和声律，去给大地贴标签，去命名，去记录，去寻求一种新的可能。他们给这个国家带来了新的视角、新的叙事和新鲜的道路，带来了别样的方言与风俗，也带来了一个又一个新鲜的地名，以诗入史，以史入诗。他们的诗歌和漫游，想象与书写，是那一个燃情岁月里的主旋律、畅销书和焦点所在。他们内心的律令就是西进、西进、西进，每一个诗人就是一支军团，一支猎猎远去的轻骑兵。那一刻，他们一定没有被贬谪、被抛弃、被割肉的孤儿感。因为他们是我们民族最优秀的一批先遣军，一群儿子娃娃，他们相信自己拳头上能站人，胳膊上可跑马，相信唯有旷野中才有真实、磨砺、光荣与盛名，但这些必须靠一腔血勇和青铜之骨骼才能去争取，去拥戴，去捍卫。

说到底，那时的他们，心中还保有一个伟大的信条：天下！

天下的秘诀其实就两个字：兴，亡！但在兴亡之际，有一支笔，一卷空白的汗青，就站在你的面前逼视你，让你判断和抉择。那一刹，天下也等于一册史书，菩萨心，霹雳手，你要么流芳，要么遗臭，它会一丝不苟地书写你，毫无绥靖和模糊。

天下还是一个词：天良！他们笃信三尺头上有神明；有一根尺子在测度；有一杆秤在掂量；有一盏心灯，永远不会被无辜地吹灭，像太阳。

天下另有一个同义语：苍生！

因为，那时候的江山远阔，是用来眺望和珍爱的；那时候的月亮也朴素，是用来怀想和寄托的；那时候的飞鸟有翅膀，野兽带牙齿，大地上的四季泾渭分明，是和苍生一起合唱的；那时候的一封家书蓬头垢面，足够跑垮一匹马，跑烂十几双鞋子；那时候的钱叫银子，是月亮白的，揣在怀里是沉甸甸的；那时候还有一种普天下的香草，名叫君子；那时候天上有凤凰和鲲鹏，地上有关公和秦琼，亦有剑客与死士，身上背着忠义和然诺，万人如海，不露痕迹；那时候的心也是亮的，还没有瞎掉，一睁开眼睛，就知道天良犹存，所谓的天下其实是每一位苍生的。

明月出天山，苍茫云海间，长风几万里，吹度玉门关。于是，像李白、王昌龄、岑参、王翰等诸多诗人的汗漫诗篇，一定有着她命运般的来路，同时也宣喻了她不可遏止的方向——向西突进，经略西域，就是当年的国家叙事，也是我们民族在那一个青春年代的叙事主轴。此可谓剑影处，飞沙走石，梦功名，投笔也昂藏。英雄路，正堪回首，标汉追唐。

无疑，在这一场焰火喷涌的青春期，我们民族的属相是龙。盘踞天空，佛雨洒布。

二，河西走廊的尘封，让我们民族失却了真正的国家性格

在奔跑的少年时代和青春期结束后，我们民族俨然花落莲出，成了一个泱泱帝国，坐在沉重的龙椅上，进入了漫长而臃肿的中年。她有了刻板的秩序与等级，有了严格的礼仪和规制。她的富裕和胃口，让身形渐渐地肥胖了起来，蜷作一团，忘了眺望和警醒。她的刀枪入库，马放南山，让其放弃了追逐与做梦。她实行了严格的海防和塞防，鸵鸟一样，令自己的版图慢慢枯干，逐渐板结，以至于内心坍塌，有了深渊般的黑洞，吸食着一切向外与扩展的冲动，一切积极的作为。她不再血勇，也不偾张，更不凌厉，相反却学会了养生和咳嗽。她炼丹。她望气。她富态。她圆滑。她“三高”。她绘制了各种长生不老

的秘笈。她开始灰头土脸地从河西走廊这一条长路上大规模地收缩了回来，埋头于宫殿与朝堂，自锢于内讧和权术，分心于茶艺及歌舞。即便蒙元和努尔哈赤像一堵堵高墙倾轧而下，她也只能衰弱无力，在精神上挥刀自宫，顾影自怜，写下一首首弱不禁风的宋词元曲和红楼遗梦。

至此，河西走廊彻底荒芜了，萧条了，干涸了。

在罡风和尘暴掩埋不住的大路两岸，迄今仍留有往昔英雄们的辙印和箭矢，仍有哀歌以及狼烟遍地的灰烬。北斗七星高，哥舒夜带刀，至今窥牧马，不敢过临洮，如此凛冽剽悍的谣唱，在后世的岁月中几近于一种传说，一首肝肠寸断的悼亡曲。

致命的是，尘封的河西走廊，让我们民族失却了一次建立真正的国家性格的机遇。

究其里，所谓的国家性格就仿佛一根带电的脊椎骨，能让一个民族挺立起来，持续地拥戴和保有她的民众、传统、文化、政治、历史与锦绣山川。在它的庇护下，家庭、社会、文明礼仪和可持续的繁荣都将成为一种常态。国家性格不应该仅仅是一个民族的表情，也不只是一种感性的表达，更是骨骼、血脉、经络和DNA，静水深流，金沙深埋，一再地契入到了这个民族的心理与肌理的最深处，凝成了一种思想和价值观，须臾不可更替，唯有不断充盈和丰富，才能勃兴而阔大，犹如参天之树。

一根带电的脊椎骨，往往会在历史的重大关口，霹雳而下，烁烨光辉，一刹那照亮了脚下的道路和方向。但是，在河西走廊以至整个丝绸之路尘封之前，我们民族却来不及去整理、锻造和熔铸，从而失却了一个凤凰涅槃的宝贵时刻。

然而，在地球的另一壁，美利坚民族却辗转西进，抓住了一次重大机遇。

如同地中海之于希腊人，海洋和大规模的航行之于葡萄牙人和英国人，西伯利亚之于俄国人，丝绸之路之于我们民族一样，每一个边疆的确都提供了一种新的机会，新的领域，新的精神契机。这意味着摆脱旧日束缚去寻找出路，生气勃勃，重拾自信，不堪忍受且蔑视旧有的思想和桎梏，革面洗心，归纳历史。新的边疆，等同于新的经验，新的制度与活力，也是一个民族能够脱胎换骨的坛场或高炉。

与我们民族的青春期一样，行进在美国西部的那些拓荒者、牛仔、探险家、掘金者、流民、罪犯、土地测量员、律师、警官、牧师等等，他们一个个都是激情澎湃的诗人，写下了热腾腾的诗篇和隽永流长的家书，寄往东海岸或欧洲大陆，描述着眼前这一片令人惊诧的土地：“天堂似乎就在那里，显露出它最初的天然光彩”“我来到了居高临下的山巅，看见下面那富饶的平原，美丽的地面”“我们现在……发现置身于移民的洪流中，旧美国似乎瓦解，而向西迁移”“远行，远行，我远行越过了辽阔的密苏里河”“自由之星亮又大，指向了太阳落山的地方，弟兄们”“土地大得叫你走完自己的玉米地就会把你累倒了”“到西部去，到西部去，到自由者的土地去，密苏里河在那里浩荡入海”“我还要说，人间要有迦南，那就在这里。这里的土地是蜜与流奶之地。”

立国之初，美国人就认为西部的存在对美国经济具有重大的作用。本杰明·富兰克林和乔治·华盛顿等人非常注意个人在西部通过土地投机而获利的机会，但也意识到了西部的尚未开发的富饶资源可以保证社会的自力更生，其特质可以使美国跃居世界上更古老的国家之前。诗人、作家和政治家们也都纷纷呼吁，一个繁荣民主的美国的希望就在这大片大片的“处女地”之上。

这些“在英国遭到命运鄙弃的人”，在此后两个多世纪的密集讴歌中，将全世界最华丽的辞藻都贡献给了西部：美丽的草原，最肥沃的土地，最大的林场，长满金黄色谷物的大片庄稼，一望无际的大牧场，第二天堂，这不是肥沃而是无比的肥沃的大地……是的，美国的西部具有多种多样的魅力，其中一个就是它广袤无垠且未开垦的处女地。在那里，棉花，玉米，大麦，小麦，野牛，黄金，甚至女人与爱情，一切都仿佛是上帝的赏赐，来得如此慷慨，如此不费吹灰之力。在冒险西进的路上，有关死亡、热病、疟疾、孤寂、挫折、累断脊骨的心酸劳作都被刻意地掩盖了，取而代之的则是阳光、海滩、美酒和新鲜的黄油。人们嗅着太平洋的海风吹来的咸腥气息，一路上丢盔卸甲，马不停蹄，去争取赢得西部，赢得一个个再生的人间天堂。于是乎，仅仅在1848年开始的两年间，便有8万多人像染上了迁徙病毒一般，蜂拥而入地杀进了加利福尼亚。他们并没有呻吟，也不曾叫苦不迭，他们在西进的道路上，渐渐感觉到这是一种“天赋使命”。

由此，“西行”和“老是搬个没完”，就成了这个国家的一种命运，一种国民的习惯和精神状态了。这一时期，美国人是地球上最乐于流动转移的人群，因为前方堆满了财富和荣誉，“几乎是毫无束缚，自由得像山上的空气”一样。

然而，恰是在这一广阔的背景下，美国人开始了对自己国家性格的奠基与塑造。

像所有的西部一样，她的辽远和赤裸，蛮荒和富庶，杀戮与生机，艰辛与成就，都仿佛一对巨大的矛盾体，横亘在每一个意欲拨马转向、踏行西去的人们面前。它既是一份致命的诱惑，亦是一番深刻的挑衅，同时它也是机会、胸襟、光荣、声名和财富的象征。西部是动态的，边疆之外，另有一重重新的边疆和新的地平线挂在天上，喝令人们去发现，去开拓，去占领。西部也是一块试金石，在她面前，所有的虚妄、自满、花拳绣腿以及假惺惺的斯文和教养都会被剥去伪装，露出最终的底牌。

于是，当西行的人们面对这一片陡峭而璀璨的天空时，一切都发生了。

这时的美国社会的现状，呈现出了一种与众不同的现象。他们相信，一个替旅客牵马坠蹬的小孩也可能当上美国总统（范布伦，美国第八任总统）；一个平民的子弟通过诚实的劳动，也可以拥有居所和牧场；如果胳膊够结实，腿勤快，敢于付出，倒霉的日子终将过去，蜜糖一般的生活指日可待。他们还相信，处处都有好运气，处处都有幸福在张望，只需要你心中燃起一堆烈焰，一股强烈的不停歇的热情，你终将得偿所愿。——自从脱离了欧洲之后，这块崭新的大陆所呈现出的事实，对全世界来说都是新鲜的，令人大吃一惊的。它具有如此奇特的重大意义，哪怕是凭想象和做梦都探不出什么究竟的。

这样的一天总会……来到。他们笃信无疑。

是的，因为这个信念，在美国西部出现了一种别样的沸腾景象，到处都是忙碌，奔走，奋斗。人们的脸上堆满了笑容、单纯、信任、热情、坦率、公正、厚道，以及雄心勃勃的个人主义情怀。他们蔑视经验，信赖自己的一双手胜于信赖别的一切。他们相信平等和机会。他们粗野可爱，热衷于追求物质利益，“宁可看见自己的小河上有磨坊在磨粉，也不愿意看见维纳斯或阿波罗的大理石雕像”。他们敏锐而果敢，讲实力却又喜好盘根究底，讲究实际而富于创造力，脑子快，办法多，有充沛的精力，也有着一览无余的开朗和活力，以及与大地一般与生俱来的奔放和活泼。在这一片未开垦的土地上，对生存的挑战，激励了人们自力更生和自给自足的念头，从而促进了一种对个人的价值的执守，以及对个人不分出身或教养而去承担政治义务的能力的信念。所有这些，乃是广阔西部的美丽赐予，也是远方以远的边疆所赋予的显著特质。

可以说，美国的历史，在很大程度上一直是向伟大的西部进军的历史。西部的无限元素，构成了美国传统这个图案中显著突出的线条。它们象征了美国作为一个充满机会、社会更新和进步之邦的观念——美国观念中最基本最持久的组成部分之一。

如上所述，也是在这种西进的过程中，美国的国家性格也渐渐地凸显了出来，形成了他们民族肌理和心理深处的骨骼、血脉、经络与DNA，时至今日，仍然若源头之水，澎湃不减，一眼就能够认出来。这在汗牛充栋的西部片，在电影《燃情岁月》《肖申克的救赎》等等的一大批影视作品中毕露无遗，引人注目。

这就是美国式的史诗。或者说：美国史诗。

这样的国家性格，注定让每一个公民有了强烈的认同感和皈依感,也有了一种神圣的责任与义务。在《寻找美国的诗神》一文中，桂冠诗人罗伯特·勃莱如此写道：

悲痛是为了什么？在那遥远的北方
它是大麦、小麦、玉米和眼泪的仓库。
人们走向那圆石上的仓库门。
仓库里饲养着所有悲痛的鸟群。
我对自己说：

你愿意最终获得悲痛吗？进行吧，
秋天时你要高高兴兴，
要修苦行，对，要肃穆，宁静。或者
在悲痛的山谷里展开你的双翼。

三，开启“一带一路”战略，实则是“中国史诗”的真正开篇

狮子老了，但它毕竟是狮子。

事实上，尘封千年的丝绸之路，并不是远避一隅，也没有一时一刻离开过我们民族的文明进程。相反，在滚滚消失的岁月里，她用自己枯干的脊梁，独自支撑起了一片浩瀚西天，静候着罡风尽逝、重拾山河的那一天。她用不曾凉却下去的壮烈风景，依旧保存下了对英雄挽歌的记忆、追怀和景仰。她用流沙坠简似的诉说，仍然闪现出了昔日的爝火、杀伐与呼啸。她也用了纵贯千里的脉脉深情，吁请和平降临，来为我们民族的昨天、今天和未来恳切祈祷。她沉浸。她不语。她内敛。她一直在酝酿庄严，静待着一个拨云见日的时刻。

或者说，如河西走廊这般优美的仓库，她不仅参与到世界上唯一将五千年文明完整带入今天的国家行动中，她还以自身的卑微存在，保存下了对早期文明的书

写与珍爱。在遗址遍地的河西走廊，有关丝绸之路上的吉光片羽历历在目，俯拾皆是，比如敦煌。

敦煌不光是一座莫高窟，实际上，她是几种文化的总枢，是古代西部中国甚至中亚以远的文化首都。无论从历史、地理、军事、贸易、宗教、民族和风俗，还是从我们民族的缘起与精神气象上讲，她都有一种奠基或启示的意义。敦煌也不是因为藏经洞的发现才广为人知，成为今天的显学的，她始终占据着这一片大陆腹地深处所有文明的制高点，而像莫高窟、榆林窟、断长城、玉门关、阳关等等的遗址，仅仅是“敦煌”这个母题的一小分子。她是地标。她亦是领头羊。

在2000年出版发行的拙著《大敦煌》中，我这样写道：所谓宇宙的乡愁和广阔的忧伤，于我而言，只是穿行在北半球日月迎送下的这一条温带地域中，它由草原、戈壁、沙漠、雪山、石窟、马匹和不可尽数的遗址构成。在一首一以贯之的古老谣风中，它更多的是酒、刀子、恩情和泥泞、灾祸、宗教、神祇、生命及牺牲，正义和隐忍提供着铁血的见证；而在人类的烽燧和卷册中，楼兰王国、成吉思汗、丝绸之路、风蚀的中国长城、栈道、流放和最珍稀的野兽，如今都成为了一捧温暖的灰烬。北半球这一段最富神奇和秘密意志的大陆，不是一个地理名词，不是一个历史概念，更不是一个时空界限。它是文化的整合，是一个信仰最后的国度。

一定的，只有在这个方向上，我们民族的龙马精神才有了根据和源头，我们民族也才能重新找回曾经的强劲脉搏，拾取过去的自信与笑脸。

是时候了，“一带一路”的提出，不单是国家层面的审慎思考和战略选择，也是我们民族再次复兴、和平崛起的一种主动出击，更是这一条辉煌大路的再生之旅。狮子老了，但它毕竟是狮子。朱云汉先生在《高思在云：一个知识分子对 21 世纪的思考》一书中说：21 世纪最重要的挑战就是去理解、应对中国崛起及其带来的世界秩序的重组。在过去的 300 年里，只有 4 个历史事件可以跟中国的崛起相提并论。第一是 18 世纪英国的工业革命，第二是 1789 年法国的大革命，第三是 1917 年的俄国十月革命，第四是 19 世纪末到 20 世纪初美国的崛起。

洵不虚言。

由此可见，重开河西走廊以及丝绸之路，就是要找回我们民族不曾消逝的少年时代和青春岁月。因为血没有变凉，梦依旧滚烫。

2014 年 7 月，在一次讲话的结尾，习近平主席引用了一生钟爱中国文化的美国诗人玛丽安娜·摩尔的诗作《然而》：

胜利不会向我走来，
我必须自己走向胜利。

同样的情怀和热忱，也曾经出现在康乾盛世诗人黄仲则的《将之京师杂别》：

自嫌诗少幽燕气，故作冰天跃马行。

而今，重新敞亮一新、开阔包容的河西走廊乃至整个丝绸之路，将会是我们民族复兴大业、实现梦想的“冰天跃马”之旅，更是“中国史诗”的真正开篇。

西宁的街道上走过

在藏传佛教青铜般的吟唱之中，在西部伊斯兰世界穆斯林们圣洁的布礼之中，一卷羊皮的歌页初次展开，这仿佛是青藏高原、黄土高原以及帕米尔高原的合颂、弹唱和起舞。西望青海或是远出阳关，西宁这个旱地的码头就低低地伏卧其上，粗糙，苍白，短促，甚至像一声可以忽略不计的尾音，一闪而过。

但是西部的人民和我，咀嚼着这一只鲜为人知的果核，内心布满潮汐和泪水。它像一首旧歌，一片旧日的风景，一处旧地，一捆往昔的书信和细沙之下爱戴的心情。

在我的诗歌中，西宁应该是这样的——

1992 年初春的某夜，风雪弥漫之中，我头一次来到西宁，狭窄的街道上是风的迷宫，雪的旋涡，街道两旁的低矮的人家院落和倾圮而去的平房忽隐忽现。那是后半夜的时光，我在深长漆黑的街道里遭遇了一大堆羊群，大概有上千只吧，它们嘶哑地吼叫着进入城市，它们渡过黄河，翻过高高的积石山进入城市。风雪扑面中，我看见赶羊的一个男孩扎在羊堆里，反穿着羊皮袄，风雪挂满了他和偌大的羊群，使他看上去像一只秘密的头羊，充满了孤单和骄傲。我问他，这是去哪里，城市的街道里又没有可以逐水而居的草滩？

“去肉铺。”

“去迎接刀子。”

他说。

而后，他隐没于一大堆羊群中，低矮地伏动着走向街道的尽头。我为这肃穆壮烈的风景所震慑，退至路边，目送它们的背影，心中充满敬意。羊群如泄洪般从我脚下涌过，犹如亚伯拉罕时代集体行动的圣经，在空中摊开。

后来，我写下如下的几句——

午夜入城的羊群
反穿皮袄
像一堆灯火中的小先知

午夜入城的羊群
是人，是群众
是一伙失败之后的义军

午夜入城的羊群
合唱队员们
精神抖擞

午夜入城的羊群
名叫“死”
骑住人间的屋梁……

它们沉默地走向西宁这个旱地的码头，分散洒布于隐秘的街道、人家院落、餐桌和各式的礼仪，像怀揣祭品和光荣一般，行至黎明。

就像在日光中穿行于街头巷尾的默默的群众和孤单

的旅人,摒除喧哗和躁动。在西宁,因了不同宗教的缘故,深藏密布于低耸屋檐下的街道，像一根根滴水的青铜枝条，静静伸着。因为鲜有高层建筑，西宁像一个铺展的平面，悠动摇曳。

你可以在街头的任何一个角落，看见身着铁红色袈裟的喇嘛。他们心里诵念着，犹如一堆堆燃烧的红铜从街上淌过。但是更多的，是那些面孔粗砺硬朗，身披藏袍的信徒，口诵经文，转着朵拉（转经筒），身无分文地走向自己心中的神圣。他们显得和这个时代多么格格不入，自足安详，满脸锈迹却又神采飞扬。

他们从各个角落、街口涌出，去往塔尔寺。因此，我不得不提到距西宁约 40 公里的伟大的宗教城市塔尔寺，它和西宁如出一体，互为光亮，而前者代表了数百年延续的精神世界，后者则是彻底的世俗王国。

塔尔寺是藏传佛教伟大的改革家、格鲁派创始人宗喀巴大师的诞生之地，如今在这个幽蔽的山谷里，是无数的经殿和美不胜收的金色屋檐。世上朝拜的路，其实只有一条，而通往塔尔寺的一条狭窄的街道更像是梦幻之路。尤其夜晚，高耸的喇叭里一位粗砺苍凉的老人弹着三弦，用藏文说唱，无始无终，无波无澜，及至天明，梦及佛光。

我只谈谈塔尔寺银塔之内的圣树。

据说，这是宗喀巴母亲生产时流血的地方长出来的，民间风传此树举世无双，有人试图将其树枝和种子培植成树，均告失败。最著名、最奇特的象征或许是它的叶子都有神秘的相像物，并且代表着藏文的不同字母。树皮上也有同样的文字裂痕，旅行者扒掉树皮，发现树干上也有同样的文字形式。

19 世纪中叶，著名的宇克神父在他的著作中就描述了这棵圣树："我们极其惊愕地发现，每片叶子都长着工整的藏文字样，与叶子本身的颜色相比，有的字呈深绿色，有的呈浅绿色……嫩叶子上的字只是刚刚在形成。后来不得不将此树封闭起来，因有太多的人都要用此树的树叶、花果作为纪念。"据土登晋美诺布的《西藏》一书记载："大约 70 年前（20 世纪初——作者注），因为打扫，才将圣树之门打开过一次。喇嘛出来的时候，有一片叶子落在他肩上，上面清楚写着文字。"

而我听到的各种说法，都是这棵"万象树"的无数叶子上写满了"唵、嘛、呢、叭、咪、吽"的六字真言。

纵横交错的路在塔尔寺里穿行着，四面八方涌入的信徒们心地纯净，聆听法号，默念经文地祈祷着。然后他们又纷纷返回，像幸福的鸟儿栖居于西宁这个旱码头的街道、窗口和角落，他们煮熟了半扇羊肉，用刀子削食着，一口气打开了七八瓶青稞液，狂饮无度。早晨的街道上，你总能发现横卧酣梦的汉子，在酒气里飘动着。

在藏族朋友无数次的酒宴上，你总能听到他们的高声歌唱，而往往平素里寡言少语的少女或汉子才是最好的歌手。藏族：一个真正抒情的伟大民族，仿佛只会用歌舞来表达。他们善唱情歌，而这些风靡青藏大地、世代相袭的情歌，据说都出自六世达赖喇嘛仓央嘉措的笔下——

我往有道的喇嘛面前
求他指我一条明路，
只因不能回心转意
又失足到爱人那里去了。

或者，你在星夜之下，在淡然的晓风里漫步、冥想、运行和吹息；在曲折往复、仄身而去的西宁尘土飞扬的街道上凝望天空，那么，你总能那样清晰地为一弯镀金的星月所慑服，心里陡然一惊。它高于飞驰而逝的广阔的屋瓴，在宣礼楼的圆顶之上，灯光幽暗，昭示着一种俗世之上的皈依和信仰。

那就是无所不在的清真大寺。

就在这处远离了时代，避开了金钱和唾液的所在，在中国西北腹地深处的西宁街头上，你也往往能听到宣礼楼上歌唱一般的呼唤，像钟声频递了钟声一般，辽远、宽广、质地恢弘，传至每条街道每处角落每颗心灵。

噢，圣洁的功课开始了，诵念的大音一阵阵传远……

这就是西宁的穆斯林世界，井然有序，按着心灵的轨迹往前。西宁的穆斯林含有回族、撒拉族、保安族、东乡族等诸多民族，但是布礼的心情纯净如一。在西宁的街道上走过，你常常看见那些披着绿色、白色和黑色盖头的不同年龄的穆斯林妇女，你也能看到涌动在大街上的成群的白色号帽和庄重如铁的教袍，这些穆斯林信徒满脸信仰的洁白，笑意浮现。

功课之余，他们又是经商的高手。

所谓经商，更多地指散落在城市各个角落的饮食摊点。尤其回族，他们独特的饮食风俗构成了这个旱地码头的主流。夜幕四合，烤羊肉的炭火格外热烈，羊腰子、羊肋排、羊筋、腱子肉都被串在粗壮的铁丝上，反复烧烤浓香扑鼻，麦仁和肥腻的羊尾巴煮成的粥，以及高原特有的煮茶胜过了世上其他的美宴，这种饮食实在贴切，见解明了，一如高地的自然景致。

然后放声唱了。在西宁的街道上走过，偶尔能听到“花儿”，但那都是磁带里的假声。在西宁体育馆前护城河一带树木浓密的公园里，才有真正地道的“花儿”和少年。

麇集拥塞的人群高耸着头，陌不相识的青年男女彼此引吭，不问你从哪里来，也不问对方的姓氏，开口就唱，只有歌声才含有默许和智慧的情义。人们暗中品评着，眼睛四下里逡巡着，寻找着自己登台亮相的机会。花儿与少年，他们宽大的脸庞被高原紫外线射得深红凝固，干裂裂的嗓音乍然如石，訇然鸣响，就在这一处歌地，我听见一个衣衫不整面目模糊的积石山少年朗声唱道——

哎哟哟……
西宁的街道上走过，
有一个响当当的磨。

哎哟哟……
尕妹妹的奶卡卡（乳谷）上睡过，
有一团扰人的火。

在深夜的西宁街道上走过，条条道路就像厚厚的书页一样依次翻开，情节无限，旨意盎然。什么超现实主义，什么博尔赫斯的玫瑰色街角，在这里俯拾即是。某夜的西宁街道上，一个老朽的人紧随着，后来，他站在我的面前，泪水滂滂，抖动不止。他说：

“你是我的前生。

“你不要不承认，你真真地是我的前生。

“你在海西的草原上放羊，某天下午，你赶羊上山，羊在坡上吃草，但你在山洞里睡着了，你梦见了佛爷，你醒来以后就会开口，唱了三天三夜的《格萨尔王》，而在这之前，你连半个字母也认识不了。

“你叫仁青，或者西德尼玛，或者才让。

“但你现在是个汉人。”

我说，是的。老朽的人仔细端详了我一会儿，泪水潸然。他说：“你现在是个满身脏污的汉人，但你确实是我的前生。”他絮絮叨叨说着，满口酒气，没准儿会突然消失于一个玫瑰色的街角。

或者，有一个年轻力壮的汉子走向前来，他宽大的腰带里别着腰刀。他拍拍你的肩头，问了好，道了久别的思念之情：

“你现在复仇吧，现在。

“我突然醒悟了，我欠下了你的债，你现在砍我一刀也没什么。我不想欠债。

“噢，那是我领走了你的女人，你的女人对你那样地好，但是我被魔鬼迷障住了，我是一个畜生，偏偏领走了你的女人哎。

“你复仇吧。”他一连催促道。

而你，只不过是一个在西宁的街道上走过的异乡人，形单影只。

伪经、伊斯拉姆·阿洪和赝品时代

事实上，从阅读的一开始，我就理所当然地将他当成了自己人，并在阅读推进的过程中给予了他一顶顶无畏的花冠。在我这种狂欢式的阅读中，我推断出他是一个天才的伪造者和卓越的赝品大师，我还一再地说服自己深信不疑。后来，我萌发出以 19 世纪的新疆喀什噶尔为地理坐标来虚构几篇小说。我践约了。在事发 100 多年后的今天，我在小说中重现了他当初的那种智慧、狡黠和一败涂地，我甚至还杜撰出了他的一段段爱情生活。我在写作的那一个时期，真是太喜欢这个混蛋了。

可事实证明了这种偏爱的促狭和自以为是，循着以下的蛛丝马迹，你将会看到在辽远的过去，发生在中亚细亚喀什噶尔的那一幕真相。

这个人叫伊斯拉姆·阿洪，他最早出现在斯坦因博士的《沙埋和阗废墟记》一书中。斯氏的名字在中国读书界并不陌生，可他更多地和深处大漠中的敦煌藏经洞及其散逸的经卷有关，还长期遭到一些人的诟病与唾弃。陈寅恪先生曰“敦煌者，吾国学术之伤心史也”一句，可能针对的就是斯坦因等盗取敦煌宝藏之始作俑者！《沙埋和阗废墟记》于1903年在英国伦敦出版，它主要记叙了斯坦因及其助手在英国和印度政府的支持下，从斯利那加出发，经吉尔吉特和罕萨至喀什噶尔，于1900年10月由叶尔羌到达今天的和田地区进行的探险活动。这个野心勃勃的学者访问并确定了于阗古都约特干，组织队伍对著名的丹丹乌力克和尼雅等文化遗址进行考古挖掘，获得了大量的古代文献文物，并于第二年的7月衣锦还乡。在伦敦，斯氏将自己在考察中的日记、信函和发掘笔记加以充实，形成了《沙漠埋葬的和阗废墟——在中国突厥斯坦从事考古学和地理学考察的旅行记实》，即汉语版的《沙埋和阗废墟记》一书。

可以想象，在如此繁复的叙述中，斯坦因以一个考古学者科学的理性和英雄主义的激情，对中亚细亚的这一片地域做了忠实的描写。他时而是一位杰出的散文家，时而是一个缜密的证据拥有者，时而又改头换面成了一个福尔摩斯——他的最后一个角色出现在该书的末尾。那时候，他可能已经有了功成名就的预感，便用闲暇的时光来演绎柯南道尔笔下的那个大侦探。斯坦因在该书的第 31 章中写道：

“在最后停留的几天中，不得不进行了一场半文物、半司法的调查。这件事的成功，使得学术界的朋友非常满意，而我也感到极大的愉快。这使我最终澄清了对于那些奇特的‘无名文字’的手写文书以及‘刻版印刷品’的疑点。”

由此，伊斯拉姆·阿洪就成了斯坦因的一个玩偶和垫脚石，用来印证他自己的洞若观火、明察秋毫和智力水平。但事情好像并非如此简单，在这一庞杂的过程中，伊斯拉姆·阿洪可能仅仅是出于对自己的倦怠与放弃，才成全了斯坦因的这种虚荣心。这就像在斯坦因介入此事前，整个欧洲是伊斯拉姆·阿洪的玩偶与“银行”一样。

这一幕伪造的真相，肇始于一个名叫鲍尔的英国陆军中尉。

据杨镰先生所著的《荒漠独行》一书介绍，鲍尔是英国驻印度殖民军的情报官员，有相当好的语言天赋。1889 年，年轻的鲍尔中尉接受了一件十分棘手的工作。英国著名的中亚细亚的探险家达格列什在途经帕米尔时，被一个从叶尔羌（今叶城）来的阿富汗人给杀害了。这一谋杀事件引起了当局的关注，英国政府要求限期破案。于是，这一追缉凶手的艰巨任务，就落到了鲍尔中尉的身上。

在当时看来，要侦破这一案件几乎是不可能的，因为凶手可能藏匿于干旱广袤的中亚细亚的任何一个角落，那里民族众多、宗教芜杂、土匪丛生。仅从当时的地缘政治而言，中亚细亚的绝大多数地方非英国的势力范围所能及，俄属的领地早就虎视眈眈了。况且，在荒凉无际的山岭沟壑中，外人的进入是一件不可想象的事情。

那时，鲍尔中尉以组织狩猎活动为幌子，正在中亚细亚进行秘密的测量工作，接手这一项侦破工作后，他迅速以狩猎队为基本力量，构成了一个庞大的地下情报网，把自己的特工和间谍们撒向了阿富汗、中国和俄领的中亚各地，大海捞针，一意孤行。他则独自一人，毫无希望地在漫长古老的丝绸之路上，沿着一个又一个绿洲，绝望地寻找那个负案在身的罪犯。感谢上帝，当他因为追踪一个显然是有意散布的假线索时，他来到了塔克拉玛干边缘的库车。

这个疲惫沮丧的英国人在库车滞留的日子里，很偶然地得知了附近有一座古城，有人还从那里找到了一本古书。可能是出于职业敏感，但更多的是一种冥冥中的造化的垂临，这个英国人要来了那本古书观看，并在失望之际，欲以此作为"到此一游"的纪念品而买下了这本书。

这是一本用木板夹起来的桦皮书，共有51页，上面书写着神秘的婆罗米文（梵文），可鲍尔中尉一个字也看不懂。幸运之神在一年后光顾了这个英国人，他未能完成任务，只带着那本桦皮书回到了印度，并把古文书交给了加尔各答的亚洲学会去识读。开始时，亚洲学会的那些专家们对这种古怪的文字束手无策，直到该书被德国裔的英国东方学家霍恩勒博士破解，被确定为是5世纪时的手稿时，这本世界上"最古老的书籍"才浮出了水面。

可以想象，这本以发现者的名字命名的古书《鲍尔古本》很快震惊了英印学界，整个欧洲世界随后也开始抓狂。在这一过程中，欧洲的报纸连篇累牍地报道着这个传奇般的经过，并赋予了它一种神秘的色彩。其实，根本没有几个人看过这本包含了医药、巫术和灵歌等内容的书籍的真正面目，但他们愿意指鹿为马、添油加醋和无中生有。因此，欧洲各地形形色色的博物馆、图书馆和私人收藏家们携带着巨款，绕道好望角和印度洋，从冰封的慕士塔格峰进入喀什噶尔；也有的乘坐俄国的火车，穿越欧洲腹地到达天山一侧。他们盲目和发烫的眼神逐渐使一个虚拟中的市场成为了现实，他们拿着金币吆喝着，好像一群黄牛党人。

这时候，一种特定的氛围让伊斯拉姆·阿洪这样的买卖人——后来，他成为了我所说的天才的伪造者和卓越的赝品大师——呼之欲出，粉墨登场了。

时势造英雄，洵不诬也。

值得一提的是，西方世界对遥远的东方，一直都有一种蠢蠢欲动的向往和莫名的猜测，这建立在丝绸、瓷器、医术、火药和指南针等一系列神奇产品的基础上。在我的阅读范围内，一则《“祭司王”约翰的传说》是最富有诗意和自以为是的作品。这里不妨摘录一些，以佐伊斯拉姆·阿洪在当时的横空出世势在必然。

传说曰：对十字军东征时代的欧洲人来说，亚洲是一片巨大的未知的土地，是一张充斥着想象与传说的地图。普雷斯特·约翰的传说就记录了欧洲人各色各样的想象。

据传，普雷斯特·约翰是一个信奉基督教的国王，居住在东方的某个地区。他不仅异常富有，而且指挥着一支强大的军队，这支军队将去援助在圣地与撒拉逊人作战的基督教徒。

“普雷斯特”意为“祭司”，人们相信约翰既是祭司又是帝王。他最早是在德国主教奥托的著作中被提及。

奥托写道：1145年，他遇到了一位叙利亚主教，这个人向他讲述了一位名叫约翰的国王的全部情况，他信仰基督教，住在比波斯还远的地方。根据奥托的记载，约翰曾打算去耶路撒冷与基督教十字军并肩作战，但是，他无法让队伍渡过底格里斯河。所以，在河边盘桓了几年之后，他“被迫回到了故乡”。尽管普雷斯特·约翰在渡河这件事上所表现出的缺乏机智可能令人失望，但是一想到在遥远的撒拉逊人的土地上的某个地方，还有一支潜在的同盟军——这个同盟者可能很快就会在后方给穆斯林军队以重创——欧洲人就心情振奋。但是直到1165年，普雷斯特·约翰才再度被人提及，据称当时约翰本人的一封亲笔信开始在欧洲各个宫廷和城市之间流传。信有大约10页长，大都是关于普雷斯特·约翰的显位、财富和虔诚的自夸之词。

普雷斯特·约翰声称，大约有72个国王及其王国处于他的统治之下。事实上，他确实不同于一般意义上的统治者，甚至他的厨师和男仆都由国王来充当。他的王国里有通天塔、不老泉、一条散布着宝石的河流、一群高超的骑手、一块属于女战士的土地和其他许多稀奇古怪的事。但是，他的王国里并未滋生酒鬼、骗子、盗贼或无赖。约翰还声称，他拥有成堆的黄金珠宝，他的宫殿的前边立着一面魔镜，从镜中可以观察到他所统治的所有区域。他是强有力的战争领袖、一个公正而强硬的统治者，也是世界上最伟大的君主——当然，他也比其他任何基督教徒都更为恭顺。

所有这些，都强烈地吸引着西方世界。

约翰的信被用12种或更多的欧洲语言翻译出来，数以百计的信的复制稿在人们手上传递。1177年，教皇亚历山大三世给约翰回了一封，回信的复制稿被保存了下来，但是没有一封上面有地址，因为甚至连教皇本人也不得不承认，他也不知道到哪儿才能找到这位神秘、强大、信仰基督教的君王。由于缺乏事实根据，当时的地图绘制者和地理学者们便妄加猜测。

最初，大部分人认为约翰的王国在印度某地，这可能是把传教士圣托马斯混淆进来了。此后，人们又认为约翰的王国在中亚细亚某个未标明的中心位置上，这种猜测是基于那些地区存在着聂斯托里和亚美尼亚的基督教组织。到了 14 世纪，大部分欧洲学者已放弃了该王国在亚洲的猜想，而是乐观地将约翰置于阿比西尼亚或埃塞俄比亚等非洲王国，这些王国确实是被基督教徒所统治。到了 16 世纪末，约翰的王国甚至出现在了某些荷兰人和德国人绘制的南部或东部非洲的地图上。

1165 年的信究竟出自何人之手，学者们对此从无定论，而且像美洲的伊尔多拉多这个传说中的黄金城市一样，约翰的王国也从未被人发现过。像伊尔多拉多一样，它是一个幻想，是一个吸引着许多探险家和冒险者的迷人幻想。15 世纪和 16 世纪，葡萄牙人绕过非洲到达印度乃至更远的地方，葡萄牙人做出的这一航海壮举，部分原因是当时人们仍普遍相信，一个强大而富裕的基督教国家——普雷斯特·约翰的王国——正在东方的某个地方等待着人们去发现。

鲍尔中尉的功勋，就建立在欧洲人这种厚积薄发的幻想上。他一举成名天下知，被授封为爵士，在伦敦和巴黎等地频频发表演说，著书立说。他的那件追凶之事，后来有了戏剧性的结果，在这里不能不提。在中亚细亚名城撒马尔罕，鲍尔中尉最主要的两个手下竟然在集市上与凶手意外相逢了。双方在游逛中无意地同时抬头一望，英国人的土著间谍发现对面站着的那个人，正是他们苦苦追寻的阿富汗的杀人犯。

一本毫不起眼的破烂古书，居然让一个尉官一夜成名，这使在印度旁遮普邦当学监并任拉合尔东方学院院长的斯坦因心急如焚。几年后，因为斯文·赫定在中国和阗的发现使19世纪末的欧洲再一次受到震惊，这尤使斯坦因如坐针毡。在世界的目光聚集于中国新疆南方时，英属印度驻喀什噶尔的领事马嘎特尼和沙俄驻喀什噶尔的总领事彼得罗夫斯基，以及英国军官扬·哈斯本（即荣赫鹏——英军侵犯西藏的主谋之一），频频向欧洲散布在塔里木地区不断发现古代文物文书和大规模的古代遗址的信息。

一时间，从地中海沿岸到圣彼得堡，从英伦三岛至俄国的奥什车站，那些野心勃勃的欧洲年轻人，都将新疆南方看成“蜜与流奶”之地。

且慢！

我之所以不厌其烦地叙述这些情景，是准备让伊斯拉姆·阿洪的出场，有一个深刻的背景和一阵响亮的锣鼓声。此后，伴随着这种前戏走上前台来的，即是那些手拿金币、满脸欲望的探险家和收藏家。可以说，伊斯拉姆·阿洪不得不进入这个珍贵的角色。一个寂寂无名的江湖巫师，从此在斯坦因的著作中站到了“不朽”的行列中。这是一种幸运？抑或是一种逼真的讽刺？

我使用了一个小说家的特权，试图探究其中的奥秘。

当时，新疆南方的富庶和印刷业的先进水平，无疑为伊斯拉姆·阿洪的伪造工作提供了一切物质条件。漫长的日照和干烈的气候，使植物的纤维变得柔软有力，用它制成的纸张如丝绸般光滑。况且，在 19 世纪末期，中亚细亚的木版印刷业中，尤以喀什噶尔地区为最高。在席卷了中国南方的太平天国运动失败后，北京的清廷忙于休养生息，一场变法与守旧的冲突即将拉开血腥的帷幕，而处于天高皇帝远的喀什噶尔一带，伊斯拉姆·阿洪的心理秩序必然宽松任性。他天才般地预见到了这个庞大的市场，并积极投入到自己秘密建立的坊间，源源不断地为欧洲的购宝者生产出一批又一批的所谓古代文书。

这些仿真的赝品通过各种渠道，流入到了欧洲一些博物馆、图书馆的书架上，也有一些摆在了专家学者们的案头，让他们皓首穷经，缘木求鱼，纷纷把自己的一生给毁了。

在这一带有喜剧色彩的欺诈中，不能不提到几个人的推波助澜。

首当其冲的是德国裔的东方学家霍恩勒博士。他因为此前成功地识读出了《鲍尔古本》而声名大振，无可辩驳地成了19世纪末中亚细亚古文字的首席研究家和发言人。正是此人对伊斯拉姆·阿洪制作的那些赝品的无保留的夸奖与肯定，才使后者的产品贴上了“免检”的标签。他的糊涂害了自己同胞的钱财，也使自己昏聩不堪、名誉受损。

另一个人，则是英国驻喀什噶尔的领事马嘎特尼先生（他有一半的中国血统，汉名马继业），在长达28年的驻外生涯中，他一直尴尬地留守在喀什噶尔（世界上离海洋最远的地方——斯文·赫定语）这个职位上。在打理外交之余，他常常花很多的时间来收购民间散失的一些文物，寄给加尔各答或英国的一些研究学会。不可避免地，他和伊斯拉姆·阿洪的某些赝品遭遇在了一起。他成了这个伪造者一个忠实的传声筒和某种意义上的“保护伞”，而伊斯拉姆·阿洪则使他成为了所有购宝者中最炙手可热的人物。他收集的文物不仅数量最多，品相和质量也看起来最高。按霍恩勒博士的要求，每件文物一定要说明来源和出土的地点，而这项工作被马嘎特尼一劳永逸地代替了。他独自杜撰了大量的细节，给这些赝品虚构了庄严的出身与高贵的门第。

有时候，文化就是披着政治的外衣畅行于世的。

粗粗算来，这个庞大而系统的伪造工程，制造出了多少可歌可泣的垃圾啊。在持续10年的时间内，每个到喀什噶尔附近寻宝的人，都掉进了伊斯拉姆·阿洪的圈套里，他的作品几乎遍布于印度和欧洲所有主要的博物馆和图书馆。伊斯拉姆·阿洪获取了大量的金钱，甚至可以说，他是中亚细亚最成功的商人和最有头有脸的巴依老爷了。

但是，只有一个人开始生疑。

他叫斯坦因。

他的野心使其保持着超常的警醒和分外眼红的嫉妒感。他想做那个“皇帝的新衣”前毫无顾忌的孩子，他想大声喊出——

在《沙埋和阗废墟记》中，这个志满意得的博士如剥茧抽丝般地将伊斯拉姆·阿洪的伪造生涯翻了个底儿朝天。在后者的声誉日益坍塌下去并落花流水的时候，是博士先生逐渐将自己的聪明才智垒砌到了高峰的一刻。他是一个荣誉的泥水匠。——好在，伊斯拉姆·阿洪迅速招供了自己的一切，至少在斯坦因的著作中是如此。不错，将这些片段的蛛丝马迹予以清理，就可以整理出一篇相当精彩的对话。

在以新疆喀什噶尔为坐标的几篇虚构小说中，我试图这样做了，我打算用这样的对话给人物以丰富的血肉和想象的余地。我的小说依次是《篡改》《秦尼巴克》《1898 年喀什噶尔大事记》《伪造者》和《伊帕尔汗》（已陆续刊发于《十月》2001 年第 1 期、《红岩》2001 年第 3 期、《长城》2002 年第 4 期、《长城》2003 年第 3 期和《西部》2012 年第 10 期上）。

斯坦因以一种洋洋自得的口气写道：

“核对了保存在喀什噶尔的记录，以及许多单个证明人的证词，在很多重要情节上，证明伊斯拉姆·阿洪以后的证词是完全诚实的。他具有非凡的记忆力，从霍恩勒博士报告中许多附印的照片图版上，他很快就认出了自己生产的用“无名文字”刻印的版本样品……”

据此，可以窥见伊斯拉姆·阿洪伪造生涯的每一个阶段了。

1895 年，当伊斯拉姆·阿洪第一次生产出这种“古书”时，他就顺利地出售出去了。那本作为“试销”的书，据说是摹仿了从丹丹乌力克出土的真正“手抄本”散页上的草书婆罗米字体。这个天才的伪造者，这个充满了想象与激情的混蛋，这个天真的文盲集团的首领，在最初的阶段制造出的赝品精致巧妙。虽然他们自己连那些神秘的文字也一无所知，可他们却成功地欺骗了欧洲的学者和专家们。于是，第一次的喜悦和滚滚而来的金钱，深深地鼓舞了他们，但这样手工抄写的效率并不能让他们满足，他们开始进入了流水线一般的大规模的伪造工业中。

这，就是木版印刷术。

据斯坦因经过对版本的分析发现，这些随心所欲创立出的文字，在一个时期内的大英博物馆中，至少有 12 种不同的版本之多。伊斯拉姆 · 阿洪达到了他事业的辉煌顶峰。虽然在他的产品中漏洞百出，比如那些伪造品在形式上千篇一律、字体显出很大的差异，而且在字的大小、笔划粗细上也有层出不穷的破绽，但欧洲人在狂喜之下简直忽略不计。

悲催的是，这为他最后的暴露埋下了伏笔。

当然，斯坦因在得意之时，还不忘讥讽一番他的偶像和以前极尽勇气追随模仿的先行者斯文 · 赫定。他在同一本书中写道 ："刊印在斯文 · 赫定博士的德文版著作《穿越亚洲》上的'古代和阗手写文书'，可以说是（伊斯拉姆·阿洪）这个工厂晚期比较粗糙的产品。" 而此前，斯坦因却像怀里揣着《圣经》一般，是揣着斯文·赫定的著作进入了新疆南方的。这时候，他可能已经预感到，自己终于可以和斯文·赫定比肩而立了。

斯坦因终于取得了一份“被告已供认不讳”的证词。他夸张地说：

“我得知并可告诉欧洲的学者们，在整个调查过程中，并没有使用东方式的拷问方式。这一点确实令人高兴。”但刚刚开始时却不是这样，开始时，斯坦因说：“漫长的两天，我感觉到似乎是呼吸着印度审判庭的空气。”

伊斯拉姆·阿洪以一种很坦率的方式，彻底说出了自己所有的秘密。

他津津有味地讲述了为给欧洲的那些探险家和收藏家们，提供源源不断的“手写文书”或“刻版印刷”的需要而伪造仿古纸张的全过程，以及看起来像是旧纸的方法。伊斯拉姆·阿洪说：“用胡杨树胶把生产好的纸张染成黄色或淡褐色，树胶溶解在水里，便可成为染色液……当染过色的纸张写上或印上文字后，再将之挂在壁炉上方使之烟熏成特有的古纸色泽。当然，这种熏制法偶尔不慎也会熏焦或烧坏，带着这种明显痕迹的一些‘古书’曾运送到加尔各答……稍后，我们就把这些书页装订成册。后期的大多数产品，采用的是仿欧洲式的装订方法，但很粗糙而不恰当（往往使用铜钉或纸捻），这当然会使人有理由对它的真实性产生严重的怀疑。最后，已经制成的文稿或书本，要在纸页之间再撒上细沙土，使它们装扮成好像长期埋藏过的样子。”

斯坦因补缀道：“我清楚地记得，1898年春天，在检查克什米尔一位收藏家的这种赝品之前，曾不得不使用衣服刷子。”

为了继续给自己的智慧方面增添新的证据，斯坦因以一种自夸的口吻说：“根据我沙漠考察所获的成果，即使伊斯拉姆·阿洪拒不坦白，已足以处置至今所知的所有赝品。我从丹丹乌力克和安迪尔发掘出的古代文物以及根据由沙漠中所获得的普遍经验，使我很容易辨别出真品与伊斯拉姆·阿洪制造的赝品，这就揭穿了古代遗址曾向他提供文物的无稽谎言。”——在这里，伊斯拉姆·阿洪伪造集团的知识缺憾成了他们致命的毛病。他们太随心所欲了。他们照猫画虎的涂鸦方式，并未能掩盖自己文盲出身的底层命运。况且，喀什噶尔当地中国政府的按办大臣潘效苏的那一套刑具，也在冥冥之中散发出森严的冷气，因为他们差一点儿破坏了“外交关系”。

有时候，叙述会走上歧途。

在这些蛛丝马迹中，有一点是不容忽视的，即斯坦因博士在这件事上的贪功之嫌。

因为，最早开始怀疑伊斯拉姆·阿洪产品真实性的，是一个长期在喀什噶尔面壁布道的传教士亨得·里克。此君在中亚细亚留驻经年，在风起云涌的“淘书热”中也开始操持此道，并频频和远在印度的霍恩勒博士书信往来，探讨一些有关信仰和宗教方面的心得体会，也对霍恩勒博士佩服有加。他对自己的祖国贡献不薄，在斯德哥尔摩的瑞典国家民族博物馆中，就陈列着他搜集的大批赝品，可那时，传教士并不知道赝品的存在。

有一次，伊斯拉姆·阿洪上门来推销三册由木版印刷的古书，他还编造了一个奇异的发现经过，说是从一棵枯树的树洞里掏出来的。而在当地，的确有将一些神圣物品藏在树洞中的习俗。——正当他们讨价还价的时候，亨得·里克的一个土著仆人进了屋子。

他是一个知情人。

这个土著仆人的一个朋友恰好是伊斯拉姆·阿洪之子。仆人曾问他父亲是如何获得那么多的古书时，毫无城府的阿洪之子答曰：“那些印本，是我父亲找一个印染（蜡染）棉布、丝绸的工匠，像制印模一样用核桃木刻成木版，然后印制出来的。那些字码是我父亲亲自写在刨平的木版上的。”

亨得·里克迅速给霍恩勒博士写了信，道出了这其中的真相。

但是，霍恩勒博士毫不犹豫地在自己的报告中，驳斥了传教士这种不负责任的态度。他的最高裁定，遂使伊斯拉姆·阿洪得到了一个知音、一次广而告之的宣传。他的地下流水线遂开足马力，为自己送来了唾手可得的大量财富。话说至此，也可以看见知识有时候是多么率性和摇头晃脑。知识扇了自己一个响亮的耳光。

伊斯拉姆·阿洪从来就没有过携巨款自首的念头，从来没有。

可他怎么能“供认不讳”呢？

这是一个至今也难以解开的谜，需要再次问问斯坦因博士！

青海湖上

冷本才让坐在青海湖边的草地上。

他已经有 87 或者 103 岁了，反穿的那件羊皮袄使他看上去像一只羊。

冷本才让手里抱着一只酒瓶，瓶口里插着一根草秸秆。有时候他含住草秸秆嘬上一口酒，然后眺望海面；有时候他抓起一只羊骨头的朵拉（转经筒），诵念起来。

唵。嘛。呢。叭。咪。哄。

他的眼屎挂住了脸面，嘴角上的白沫泛着干燥的渣粒和白光。他好像坐了有一个世纪多了。

更多的时候，他像石块，垒着。

他的羊在身后高高的山坡上吃青。青海湖边上是堆起的湟鱼的尸体。人们把六六六粉撒在草丛里灭鼠，雨水又把药粉冲进湖水，捉住了鱼群。

冷本才让坐着、喝着。

风从天堂般的水面上吹过，犹如心旌。

冷本这时候看见了湖面上一队华丽的马队，吹拉弹唱着从水面上走过。队中一匹亮丽的马车上是一个唐朝装束的女人，脸面像一只漂亮的母羊羔。

冷本每天都看见这队人马从水上走过。

恰好在日升中天。

冷本说，噢，那是文成公主的马队。她要入藏，和松赞干布大爷成亲。

像羔羊一样的女人呀。

冷本看到马队时，就要喝上一口酒。——青稞酒在舌面上跑过，犹如草地上一筐子的鲜花在奔跑。

冷本是黎明出来的。

他坐着喝了整整一个世纪，等他回家时，两三瓶酒没有了。

夜晚的湖水也像草地一样。

星星们挤成一团，坐在破羊圈里。

冷本的家不远。一座泥坯的小房子卧在山冈上。冷本的院墙不是草泥糊的，而是一只只酒瓶垒起来的。瓶口向外，敦实的瓶底把院子围得严严实实的。

羊圈也是瓶子围的。

羊不能吃亏。

一只羊要换几十瓶酒哩。

这个玻璃的院子，是冷本整整一个世纪喝下的。他有时不免骄傲。

冷本是个鳏夫。

夜里没事可干。羊们都安静地入睡了，青海湖上仿佛罂粟花般的香气吹来，沁人心脾。

青海湖上，酒瓶飘飞。

冷本喝着，诵着经。夜深了，他蹒跚着趴在围墙的酒瓶底上，朝外张望。夜光使酒瓶发出阵阵碎芒，酒瓶把微明聚拢起来，可以透视远处。

冷本望着水面。

他看见夜晚的青海湖面上，疾驶而过的一列马队。马队上的兵卒们手里高举着刀戟斧枪，胸前的圆圈里是一个大大的“兵”字。

长辫子飞动着。

马队估计有好几百万人，天天晚上都跑不到尽头。

冷本悄悄地喝酒，不敢弄出声响。

酒气像日光下沸腾的羊圈。

春天的一个夜晚，我去拜访冷本才让时，他偷偷地问我：

“康熙的队伍怎么还没完呢？他们是去唐古拉山里打雪豹吗？”

我说：

“是的！”

婚　礼

尕旦和我骑马走进了草原深处。

这是秋天的日子。

天空粗糙。

大地雍容。

鹰在疾驰。

马背上披着锦绣斑斓的被面，在日光下反射着斑点。草原辽阔，在绿色的毡毯上，那几幅彩色的被面很夸张，也很耀眼，据说那是杭州的丝绸做成的。它们是送给才旦的新婚礼物。

才旦是一个酒鬼、一个草原的好骑手、三个孩子的父亲。

他还是我和尕旦的朋友。

这样说的意思是，我和尕旦其实也是酒鬼。——两个月前，我接到了才旦捎到兰州的话，说他要和那个狐狸长相的女人结婚了，要我到草原深处和他好好喝一杯。我爽快地答应了。我先是坐火车，然后坐了三天的长途班车，最后雇了一辆三马子才找到了尕旦。我们换上了两匹大马，在起伏的山峦上走了八天。

秋天明净地在草原上奔驰，我们好像迷失了方向。

方向是才旦指的，可他现在已经烂醉如泥，歪歪斜斜地耷拉在马背上了。他早就醉了。

他的怀里，仍旧戳着几只青稞酒的瓶子。走马散漫地徜徉在草原上，他也散漫地捏住瓶子往嘴里浇灌。他像一个消防队员。他一直在浇灌着自己。

大鹰在头顶徘徊，像一把匕首搁在天上，明晃晃地发光。

马蹄惊起了几只蝴蝶，像光斑一样烁闪。它们落在了锦绣斑斓的被面上，误以为那是一束束鲜花呢。

尕旦嘟哝着说："喔，一个酒鬼要改邪归正了，一个酒鬼要放下酒罐子立地成佛，一个酒鬼在这个秋天给自己一些想头了。你会相信吗？"

我纠正说："他都让那个狐狸长相的女人生了三个

娃娃了，他非要娶她啊。否则，他能算一个好酒鬼么！”

尕旦“啧”地一声，很不满地批判我说：“屁！都是别人帮他生的。那几个娃娃里有客人们帮他的，也有干部们帮他的。你没帮他吧？”

我脸一红，很泄气地说：“我怎么可能呢，我们是朋友呀！”

尕旦没理睬我的信誓旦旦，笃定无疑地说：“你肯定帮了忙了，谁让你是才旦的朋友哪！你一定帮了忙了，我才不信你说的那些醉话。”

我没再吭气，信马由缰地在草原上颠簸。我知道尕旦醉了，醉汉的话是不足一驳的。

——远处的山冈上，经幡在飞。煨桑的淡蓝色烟雾，在天空中慢慢洇开。草丛里跑着一些灰褐色的鼠兔，它们发出短暂尖利的惊叫，原因是老鹰把影子撂在了它们的头上。

尕旦和我已经迟到了好几天。

可我们并没有把鞭子撂在马背上。马是无辜的。

草原上的婚礼一般要进行十几天，大家白天围在锅灶边吃肉喝酒，晚上则会围着一堆篝火跳锅庄。在黯淡的夜空下，那些女人们身上的银饰就会发出丁冬的响声，这说明她们跳到了兴头上，而男人们会无一例外地醉倒在帐篷周围。

尕旦和我，走在草原上。

仿佛两只旧麻袋似的，我俩早就疲倦不堪了。

竟然，翻过第九座山冈时，我看见才旦坐在一堆麻尼石旁边。他的面前是一块绣花的毛毡。毡上摆放着香炉、肉疙瘩、银碗和一把刀子。才旦好像是在等谁，见到我们的时候他一脸的茫然。他举手，做了一个朝拜的动作。

很显然，他已经烂醉如泥了。

可他还是对我笑了一下，伸手把我抱下了马背，替我掸了掸身上的灰尘。

他撕下了一小块干肉，喂进我的嘴里；又从一只皮囊中挖出来一小撮酥油，抹在了我的脸颊上；最后，他干脆把一银碗青稞酒端给我，要我一饮而尽。

没有退路了，我接过来，径自灌进了自己的胃里。

我对才旦说了一些祝福之类的话。他根本就没听进去，又给我盛了一碗，命令我一饮而尽。

酒像一股火焰。跑进了我的身体内。我在一瞬间被点燃了。我把几块被面披在了才旦的身上，又对他说了一些似是而非的幸福话。孰料，才旦却用手阻止住我，样子很满足地说：

“现在么，我们公平了。你看你一下子就喝大了，你的酒量这么差劲了，你这样喝大了，你才不会糟蹋我，你就不会再笑话我了呀。”

才旦又说：“我在这里，堵了你们几天几夜了。你们终于来了哦！”

清晨的太阳照在石崖上，
红石崖如屹立的神像，
那是佛一样的客人到来的象征。

中午的太阳照在河水中，
洁净的水如圣神的供品，
那是供品一样的客人到来的象征。

下午的太阳照在草滩上，
草原像开满鲜花的藏金莲，
那是花一样的客人到来的象征。

才旦一边唱着迎亲的曲子，一边拿起青稞粒和五谷杂粮，撒向天空。

这时候，尕旦从马上一头栽了下来，仿佛一只凌乱的麻袋砸在了地上，很不争气。我本来想上前扶一下尕旦，可我浑身像一团棉花那样柔软不堪。日光太亮了，地上逶迤而来的酒气，让草原变成了一座沸腾的马圈。我一软，就跌倒在了一堆青草上。

尕旦和我，像两只打开的麻袋那样横陈于草丛中，知觉全无。

我们睡了有三天三夜。

才旦在我们酣睡的时候，独自一人坐在那一方毡毯上喝酒。他边吃着酒肉，边醉眼迷离地唠叨说："你是我的朋友，你那么老远来参加我的婚礼，我心里过意不去得很呀，我自罚上三碗吧！我一定要自罚上三碗，你们别劝我呀！"

我和尕旦谁也没劝他，一任他像草丛下的溪流那样，茫无目的地流淌。

我们睡了有三天三夜。

才旦自罚了三天三夜。

最后，尕旦、才旦和我好比三堆未点燃的粪火，一直沉默了有三天。

而那三天，在草原深处的帐篷群里，一场火热的藏族婚礼正如火如荼地展开，就连机灵的藏獒，也没有嗅出我们的一丝踪迹来。

三个神秘的酒鬼，让草原深处挂念不已。

何谓边地生活

——以兰州为例

2 月 13 日那天是我的生日。夜色深处，一帮酒鬼抬着我，来到黄河北岸的一家酒吧：呼吸。事实上，“呼吸”与北京三里屯和上海新天地的那些酒吧毫无二致，迥异的，也许只是川流的客人，进出“呼吸”的，大多是藏族与回族的小伙子和姑娘，我是汉族，可此刻，我成了少数的一族。醉眼蒙眬中，一个叫丹增的小胖子递给我一杆钢笔，算作礼物，我心花怒放，恭迎入怀，只差给那杆雕饰精美的钢笔跪下磕头了。丹增是闻名遐迩的藏传佛教六世贡唐仓大师

（愿佛爷乘愿归来）的小管家，他递送的礼物，是佛爷身边的圣物，我由此沾吉。2 月 13 日那天，亦是佛爷的生日，我立马感觉被一轮光环笼罩着，幸福无比。那天过去 13 天后，又是佛爷圆寂三周年的日子，据说，寻访转世灵童的小组正星夜兼程，叩问着那个众人翘首以盼的秘密。

有一个绰号“老羊皮”的人，不久将赴北京办差，他受某人之托，正在四处祷告，欲请一尊佛像。不是一般的佛像，而是用六世贡唐仓大师的骨灰所塑（据说经过了复杂的宗教仪式，世间只有 100 尊）。“老羊皮”终于如愿以偿了，他把自己喝大，差点儿阵亡在了酒桌上，在兰州，这是掏出一颗真心的表达方式，他请回来了。如果不出意外，佛像将会被庄严地护送进京，北京的某户人家里，将会香氛缭绕，佛唱高诵。

说这些话的时候，穆斯林群众迎来了他们最重要的节日——宰牲节。按着经上的说法，当初，主欲考验一下易卜拉欣的信仰，遂让他将自己的亲生儿子祭献给主，就在易卜拉欣动刀的一刹那，主显露了至高的神圣，用一只羊将易卜拉欣的儿子替换下来，以此来嘉许易卜拉欣的忠诚。节日来临了，曙光初现时，兰州的大街小巷里涌动着如云的白号帽与盖头，穆斯林群众走进各个清真寺里，赞唱着主的恩德，这是一种气势恢弘的会礼，一个精神凝聚的磁场，如果不是身处其间，你无法感悟到一种漫漶而来的震颤，也无法聆听到那种清水一般流淌的大音。会礼完毕，穆斯林群众就去市场上挑选牛羊，一般来讲，牛羊须是肢体健全、眉清目秀的那种，如果经济条件允许，七户人家可以合买一头牛，羊则每户人家一只。宰牲时，一般都请阿訇道“台思密”后下刀，然后举念给亲人或穷人，祈求主的赐福与恩典。在这一天，各色清真寺高大的屋脊、壮丽的穹顶闪烁着光芒，一轮新月在夜空里深邃悠远。

说远一点，有一年我在马来西亚，在入住的每一个房间里，我都惊异地看见天花板上有一个绿色的箭头，指示着方向，房间里还端放着一本《古兰经》。后来一打听，才知道箭头所指，乃是圣地麦加的方位，这是给信徒们祷告时用的。兰州亦如此，前年夏天的一个晚上，张承志从祁连山一带漫游莅兰，我叨陪末座，与一群年轻的阿訇和满拉迎接张老师。在餐厅吃到一半时，他们忽然集体离席，在隔壁的一间屋子里做起了功课，那是喧哗的餐厅里唯一一个干净肃穆的房间，用来祈祷，而平时是闭锁的。我独自一人坐等，那一刻，感觉自己的内心空落落的，没有寄托与方向感。

神圣的信仰，犹如一股股水流，蜿蜒在黄河的两岸，日夜不息。

在兰州，宽阔的宗教仿佛一条河床，牢靠地托举着各民族的心理与期望，而在河床里奔腾的则是世俗的生活，以及简单的日子（用穆斯林的话说，那是浮层的生活）。这也许和兰州所处的特殊的地理位置有关——虽然它处于中国版图的地理中心，但究其里，它是边地，是深处于东方大陆腹地的一座旱码头；它是青藏高原、黄土高原和内蒙古高原交会处的一个起点，一个驿站，一座安详地静卧在层峦叠嶂的褶皱深处的城市。它的日常生活波澜不惊，与其他的城市毫无差别，但在日常生活的内里，则是湍急的宗教，是信仰的走向。由是，它的特点就是边地，是辽远与苍茫，是广袤和神秘，如《旧约》里所说：在旷野上，才会有神明的存在。

那些洁白如雪的清真寺，以及金瓦红墙的佛教寺院，印证着边地的气息与精神。

黄河穿经水草丰美、天苍地阔的玛曲草原、碌曲草原和舟曲草原，横跨高高的积石山脉，携带着大通河以及源头无数的小小支流上的万千气象：冰山、格桑花、酥油灯盏、玛尼石、神祇以及群鹰的目光，转身向东——将兰州劈为南北两半。与两岸的风光同驻的，则是泛滥着源头传说与奇迹的河水，以及羊群般美丽的民众们。

兰州成为五千里黄河线上，唯一伏卧在南北两岸的省会城市。像摊开的巨幅书页一般，兰州一路洋洋洒洒地建筑在黄河两岸的滩涂上。兰州是一个微弱的盆地，其地形为两山夹一河，黄河匍匐其间。狭长的地带，随着河水的蔓延几成东西近百里的城市走势，而南北两山的距离则仅几公里。以兰州为起点，渡过黄河向西，翻越乌鞘岭，就是祁连山雪水养育的千里河西走廊，这也是被史书诗意地誉为“丝绸之路”的贸易大道，玄奘走过，法显走过，班超与霍去病走过，张骞走过。在岁月的深处，它是一条大蒜和玻璃之路，是一条杂耍小丑和茶叶之路，是一条传教士和探险家之路，还是一条战争与媾和之路。当一捆捆丝绸充塞于途时，它把一个叫“契内”（china）的东方古国一下子推到了地中海之畔。兰州以南不远，就是号称“中国的麦加”的穆斯林聚居中心：临夏（旧称为河州）。再往南，则是地处青藏高原北翼，被称为“藏文化三大板块”之一的安多地区（其余为拉萨地区和昌都地区），藏传佛教的最高学府——拉卜楞寺就位于安多的首府：夏河。兰州西南200多公里远，坐落着藏传佛教著名的塔尔寺，它是格鲁派（黄教）创始人宗喀巴大师的诞生地。兰州以北，穿越毛乌素沙漠与戈壁，便与内蒙古接壤，藏传佛教的寺院也在草海之中绰约隐现。兰州以东，是黄土高原和汉文化积淀最深的地带，越过古秦州天水，就是秦砖汉瓦、刁角高悬的古都长安。

在西北偏西，当古老的落日、孤烟、驼队、流放和异族语言消失在兰州以西的中国西北腹地时，兰州这个旱地的码头，也同样消失了河上的舟楫、船帆以及过去青铜般的旧时光。而今，兰州的旧城遗址已经荡然无存了。在范长江笔下那个破烂如城堡，肮脏蛮荒、民风淫荡的旧日城池，仅剩下了诸如西关、南关等暧昧不清的公共汽车站名了。

在兰州北山嶙峋壁立的山岩上，金城关的碑体赫然耸立。兰州，旧时称为金城，而扼守黄河兰州段的则是这个险象环生的著名关隘，它是历史雄关之一，唐代诗人岑参在《题金城临河驿楼》一诗中吟道："古戍依重险，高楼接五凉；山根盘驿道，河水漫城墙。"金城关一带以穆斯林为主的兰州土著居民为多，站在南岸，远远望上去，在一面缓缓耸起的山坡上，是黄泥色的土屋，低矮陈旧，散发出沧桑之情，而在这颜色单调如一的一排排泥屋之间，散落着无数座造型各异的清真寺院，高挑的新月和浑圆如盖的宣礼楼分外明亮。

我总爱在黄昏时分来到河边，那时，巨大的落日垂临水面，将闪烁的碎银洒满河道，山体通亮。河风吹拂，一日的功课行将结束，而对生活的感念才刚刚开始。黄昏时分，每个清真寺的宣礼楼上，总有一个浓重如钟的嗓子在呼唤，在召集每个信徒来聚礼祷告，那种訇然如石的大音，仿佛天堂的独白。

在金城关下，黄河缓逝，水波不兴。现在，还能看见用于特色旅游的羊皮筏子。穆斯林群众将羊皮完整地剥落下来，缚住四脚，用嘴将其吹得滚圆油光，再用牛皮绳子扎紧。四至七个或更多的羊皮气囊被搭扣在一起，就成了一架羊皮筏子。它轻巧快速，易操作，犹如空气穿行在空气中，远远看去，像一群羊奔跑在发黄的河面上。范长江在《中国西北角纪行》一书中，曾描述过兰州羊皮筏子的盛况。他说，在几百只羊皮气囊组成的舟阵中，躺在筏子上成堆的货物里，轻翻书卷，目光平稳。在早年黄河两岸还没有一座桥梁飞渡的日子里，羊皮筏子是往来的唯一工具。它还是重要的运输方式，将货物和土特产运至下游的各个码头。坐在筏子中，可以听见在河心里筏客子们嘹亮的歌声——

黄河沿上牛吃水，
牛见了鱼儿（者）跑了；

端起饭碗想起了你，
吃哩么没吃（者）饱了。

俏阿哥干活（者）口渴坏，
想你（者）后园里找来；
尕妹妹好像是嫩白菜，
一指头弹出个水来。

是的，需要说说日常的生活。大约一百多年前，一位叫马保子的人挑着面食担子，走街串巷地吆喝着，就是这个名不见经传的人，发明了日后享誉全国的兰州牛肉拉面。如今，兰州人一天的作息是从早上的一碗牛肉拉面开始的。黎明即起，在大街小巷的拉面馆前，人们捧着一只只海碗，蹲在马路牙子上，有的吸溜吸溜地进食，有的响亮地擤着鼻涕，这是兰州最奇特的画卷之一。一碗拉面下肚，一般会奠定人的信心，姑娘们的牙床上沾着一块韭菜片子，毫无顾忌地大笑，小伙子们则敢杀奔上任何酒桌，一直狂拼到晚上。兰州人出门在外，对家乡的赞许一般都集中在三样东西上：《读者》、敦煌、牛肉面。

这里的饮食都是粗线条的，在广东粤菜和四川麻辣产品大举北伐之下，兰州本地的特色越发凸显出了它的粗犷与直率，其代表作就是手抓羊肉。清水里煮熟的羊肉块，不带任何调料，吃时，佐以大蒜瓣和椒盐，越是肥腻腻的肉块，越能吸引食客的胃口，饭毕，一只盖碗茶（计有茶叶、冰糖、枸杞、桂圆、红枣、葡萄干等等）长驱入肚，唇齿留香，回味无穷。据说，现在兰州一天的羊肉消耗量在上千只左右，信不诬也。在一个风雪交加的深夜，我骑车路过中心广场，一个反穿皮袄的挡羊娃，赶着上千只羊横穿广场，我不明白这些披风挂雪的羊群要去哪里，遂好奇地问了一句。挡羊娃回答说：

“去肉铺！”

“去挨刀子！”

兰州市民的生活是散淡的，在写字楼与机关之外，在模特大赛和人体摄影展之外，在苏宁电器进驻和舌头乐队的摇滚演出外，是兰州人温吞水一样的不紧不慢，他们经常说的口头禅是：天塌下来，有高个子顶着呢；或者：黄河里扔石头，多少是个够呀？一天上午，我看见一位大妈对另一位叫嚷说:“来，王妈，过来吃个纸烟，晒个日头，扯个是非来。”情人节那天，我看见一堆靓丽的女孩儿左手抱着一捆玫瑰，右手拿着一把把麻辣串，站在寒风凛冽的街头，吃得不亦乐乎，她们的男朋友肃立一旁，脸上充满着毛遂自荐的笑容。

也有例外，这种散淡的性子，有时候却表现出了虚幻与暴戾的一面。

这与兰州这个微弱的盆地有关。一到冬季，气流不畅，工业污染和生活废气在盆地上方成了一只“锅盖”，举目望去，兰州人的视野屈指可算。前几年，兰州人决定做一回愚公，搬掉东边的一座大山，让南方的暖湿气流进入，结果，那座埋葬了数万亡灵的公墓被连夜搬迁，可山至今仍耸立着，像一个巨大的笑柄。水均益曾经在《焦点访谈》上批评过一回兰州的污染，但本地人没给他脖子（没理睬），原因就是小水是地道的兰州“沙果子”（当地水果），他没那个权力，家丑是不能外扬的，胳膊肘子也不能往外拐。兰州的小伙子经常嘲笑外地人，说他们吵了一个下午的架，居然没动弹一下指头，白当男人了。话语里带着轻蔑。这样说的意思，是兰州小伙子只用拳头解决问题，三七不对（意思为情况不妙），就有砖头和刀子伺候。在电影《新龙门客栈》里，一身绝技的张曼玉差一点儿被一个屠夫给削成肉片，烤了羊肉串儿，那个屠夫说的便是一口地道的兰州话，此为证据。但这都是以前的旧闻了，现在大家都忙光阴，谁还忙着去蹲监狱呢，夯客（傻瓜）才那么做呢！

在兰州本土文化里，有一个关键词：光阴。它的基础含义是时光，但在本地方言里，它确凿地定义为：金钱。小偷的工作是找光阴；机关干部们混光阴；暴发户们挖光阴；小姐们在撬光阴；一般的老百姓么，则是拾个尕光阴……此乃兰州的浮世绘。

日常生活的华彩乐章，多半显现在了酒桌上。

在兰州，不管你办大小事情，一定要在上午 11 时半和下午五时许最恰当，你的钱夹子应当饱满，预定的餐厅和包厢一定要符合胃口，最关键的是酒的牌子。兰州人自夸说：一年喝倒一个牌子，绝不是假话。一到夜幕垂降，大大小小的餐馆里人头攒动，猜拳行令之声响彻云霄，黄河两岸微小的盆地陷入了咀嚼的狂欢中。酒酣耳热之际，除了互诉衷肠外，人们一般都会醉眼蒙眬地夸耀起兰州，中央的某某领导是从兰州出去的，某某领导曾经住在我家对面楼上哪，水均益、李修平、朱军、张莉，等等，小时候还和我们砸过人家的玻璃，在一起玩过玻璃弹子和鸡毛毽子哪……

此刻，我停下笔，抬头望去，春天的第一场沙尘暴来了，小小的盆地，被一道灰黄的幕布遮蔽了。和别人一样，我见怪不怪，忍住一口的沙尘，奔赴一个很陌生的酒局。

早些年，兰州南北的两山上只有一棵树，现在虽有绿色点缀，但始终也没有茂盛起来。黄河在山下白白流淌，但山上焦渴一片，植活一棵树要比养一个孩子还费事。有一年夏天，我和李敬泽坐在黄河中的小岛上，望着干枯的北山发愣。李敬泽说：要是南北山上都是原始森林，一条大河穿流而过，那样的话，兰州就是一座花园般的仙境城市了。我回答说：

“不急，实在不成，我们三百万兰州人民，就把南北两山用绿色的马赛克镶嵌起来。或者，用绿油漆刷一遍，年年一遍，让你恍然觉得是森林一片。”

——对了，忘了交代，这个方案是一位兰州出身的行为艺术家做的，但未获有关部门的批准。

街道：一只船

一、以散文的方式

是的，在70年代的记忆里拾取枯枝败叶一堆。

因为你的名字取自一条晦暗无定的街道。在时光的水面上，他和季节、羊皮筏子、鱼群、泥沙以及早春的枝条一起漂浮，闪烁着青铜色的诗意光芒。那天夜晚，你拐过街角，穿过东风旅社、煤场、花圈铺、车马店以及小学校的门口，脚步拖沓而空洞。星辰太累，你的母亲正在手术，贫寒的疾病缓慢地扩散，无助的父亲躲进了柴房偷偷地哭泣，而年幼的弟妹们快活得像健康的青蛙。你驻足在街景漫漶飘摇的深处，一叶障目。这时候，你就前定般地遇到了我。噢，如今我为什么一再地遥望，那座深陷于中国西北腹地深处的狭窄街道呢？为什么要讴歌兰州这座荒凉城市的三粒字母呢？一、只、船——一截短促的发音，一个瘦弱的形象，一只鸥鸟投下的阴影。一位名叫叶芝的人向我走来，独独向我打听这一场命名的真谛。仪式落满了灰尘，吆喝之人分崩离析。叶芝说："归根到底，能听见宇宙歌唱的地方是你从时间、地点、家庭、历史等方面都已经扎根或决定扎根的某一条街，某一个社区。"

时间让生命破绽百出，帆叶的痕迹连上帝亦无措手足。你仿佛行走在光绪年间的某个早晨：黄河暴涨，兰州城外一只木船随波逐流，漂至芦花漫天的岸边（据《兰州方志·水文资料》)。传说，那只芦荻托举，抹覆了石漆和石油的新鲜木船中，有一个六岁的男童笑声嘹亮动人，他最后的去向在诗篇和谣唱中语焉不详。

多年以后，一位 108 岁的老土著却这样叙述：

随着清王朝对西北的频繁用兵，江南人随军西来者日多。他们有感于乡关万里，顿萌叶落归根之念，便筹资在此地带营造了一所义园，用来暂厝亡故江南人的灵柩，以便日后扶榇故里安葬。义园造型奇特，颇似一艘扬帆南航的大船。那高入云端的旗杆，酷似桅杆；弯曲高翘的飞檐，简直是劈波斩浪的船首。这座建筑物寓托着南人的无尽乡恋。于是，人们根据义园的外形，把这块地方叫做“一只船”。

走吧！

街景游移，夜光中的蝙蝠携带着明亮的唿哨，清贫的瓦楞和屋脊之上，充满了日常生活的世俗光芒。海德格尔说：“培养和关心，乃是一种建筑。”童年奔走相告，你站在那里，犹如一捆旧日的书信，一处遗址，一块在时间中弯曲的青砖。我的笔端往往和你猝然相遇，像一对儿孪生的敌人那样优美。在兰州，污染的天空和局部的工业新新顿起，距河二里，在一只船街道纷繁黑白的记录中，依然能够听到泥沙俱下的河面上消逝的传说与奇迹。河水匍匐着，裹挟着从舟曲草原、玛曲草原、禄曲草原上滚滚而下的万千气象：经幡、藏传佛教、法号、羊群、神祇、玛尼石堆、民族、风俗和自然，蔓延至你的诞生之地。微弱的小城，本雅明说：“城市并不是因其建筑和群众，而是因其流浪者、漂泊者和梦想者。”你站在街景的深处，虚构的人，怀揣着一个颠簸的名字和光荣。一只船街道：诞生以及成长、学习的路途，一盏幽暗的桅灯，在最黑暗的地段打破了沉默。成千上万的红铜喇嘛口诵佛唱，心法合一，逶迤走过，他们炉灰似的背影，暗许下我今日的诗篇和劳动。噢，70 年代，一个手抄本的年代，一个可以用橡皮擦鼓舞的茫然季节，在你睡眠的窗外，一位清癯的穆斯林老人恪守方向，进行着内心的功课。黄河微波不兴，你失却方向，内心如辙。那些顺水而下的消息；那些灿烂的雨季和河畔的朗诵，都归入了一卷神示的羊皮。不是缘于怀念，而是一种气象的招引。雄心难熄的两岸，在所有的陌生人当中，你独独向我走来，询问了一处归家的地址。噢，孩子！我又能重复什么样的词语？

因为我见到的幻象
几乎完全消失，但从中诞生的芳香
依然一点一滴落在我心中。

——但丁《神曲》

二、以诗歌的方式

人生荒凉的现场，泥沙俱下
不期而遇的事件

　　将成为偶然的补白；
一枚徽章开始了锈迹的年代
一场生命的转移，佩带了睡眠
和深刻的伤害。

诞生的婴儿是多么盲目
而夕光中的亡灵却如此一致——
哦，黑夜枝头
　　无辜的群众
让街景游移，细碎的花朵
让一个梦遗的少年苏醒。

他将述说成长的细菌
以及发育的疾病中
　　一根随风而舞的红领巾。

虚构的人，此刻你要迎上前去。
谁取走了时间的芳香
谁就会在内心弯曲。
一本灵魂之书，隐秘开花——
其嘹亮的筑居和人民

仅仅少于一个国家的典籍。

没有人知道得更多
当你重新返回，一个奔走相告的童年
悄悄奠基——
因此，一张刚刚草拟的讣告
一幕油印的仪式
一次七十年代锈迹斑驳的雨，将成为可能。
虚构的人，此刻你要擦身而去
你寂寞的筐子里
要埋下不由分说的引信。
在晴朗的黎明，你的晾衣绳上
一定要展览生活罪恶的秘密。

就在秋天的街角，一个大辫子的姑娘
储藏了冬菜；
她带着营养和喜悦
成了我的母亲。
那一条街道被命名为一只船
而漂泊的煤炭就在这里驻锡。
虚构的人，你只留下了恍惚的背影

在夜晚的电线杆上
凸显出两团麻雀乌黑的惊悸。

你像一个时代黯淡的喜剧。
你教会我认识了字母、毒药与恩情。

三、以索引的方式

1. 作者对一只船的记忆应该恢复到70年代的早期，那时候的一只船街道，还是一片黑白混沌的世界——因为那时的黄河水在冬季还结冰，也有人穿着毡衣，在冬季的街道上不停吆喝着贩卖冰块。在寒冷的冬天里，嚼冰似乎是孩子们的时尚之一。坐落在一只船深处的是一家规模庞大的煤场，每天都有无数的解放牌卡车来往运输，街道的上空弥漫着呛人的煤灰，像一团团穿裤子的云。

2. 一只船是兰州市区内一条鲜为人知的小街道，它东邻著名的学府——兰州大学本部，西接长途汽车东站和旧大路，北毗东方红广场的主干道东岗西路，南翼为109国道和312国道途经兰州时的交通主干线——民主东路。在湍急的车流中，一只船名副其实地成了一座安居着日常生活和梦想的小小码头。

3. 在粗硬尖利的兰州土话里，一只船往往被说成“一只喘”；在混杂了兰州土话和北京腔的蹩脚发音里（它是时髦的标志，带有贬义），一只船又往往被念成“一直喘”。

4. 一只船街道距黄河只有两里多路，河水在这里转身北上，留下了一片滩涂之地。在晴朗的秋天，常常可以看见大雁等无数的候鸟在这里栖息，所以这一片滩涂被称作“雁滩”。

5. 长不过两里，宽度也局限在两里左右，一只船街道就这样漂泊在记忆的尽头。在小街的东头是一家东风旅社，常见一些戴着呢子帽，胸脯上插着钢笔，手里提着人造革公文包的干部同志们进出此地。傍晚来临时，东风旅社的一只高音喇叭会准时播放《各地人民广播电台联播节目》，一些国家大事和领袖人物的指示，会源源不断地递送到人们的心里。在旅社的隔壁，是一家国营的理发店，通常在节假日的前夕会人满为患，屏息排队的人，一定会听见剃头师傅在一块旧皮革上磨剃刀的声音，但谋杀不会发生，那是一个和平的年代。毗邻理发店的是一家兰州牛肉拉面馆，他们使用了一种本地产的蓬草熬炼成的碱水，让面条像无数根发丝一样诱惑你，通常一海碗的牛肉拉面你要付两毛八分和三两粮票，如果你使用了全国粮票，售票员一准会抬头望你一眼，以示敬意和尊重。上述这一块地段已经被改建成了一座宾馆和海鲜楼，每当公车带着官员驶停在楼下时，总有眼明手快的保安赶紧将一块红布遮在车牌上，红布上绣着四个字：恭喜发财！再往前走，是一家门可罗雀的药店，店员们一般喜欢在早上和下午昏昏欲睡地趴在柜台上，一到夜晚，他们便开始研磨各种各样的中草药，浑浊的青草气息将毫不犹豫地侵袭你的梦境。在兰州，你要是得罪了某个人，或者你借了别人的几分钱未还，别人会沉下脸来对你说：不要了，不要了，拿去吃药吧！紧挨着药店的是一家烟酒门市部，蛋糕和夹心果并排摆在柜台的上面，灰尘和营业员的喷嚏感染着这些诱人的食品。那些年，我们家来的亲戚，通常都会提上一包麻粪纸包裹的糕点来串门儿，麻粪纸已经被油浸透了，可全家人舍不得吃，因为我家大人在晚上会赶紧送到他的主任家里，以表问候。在烟酒店的尽头是一家肉铺，水磨石的柜台上横陈着发红的瘦猪肉，屋梁吊下的铁钩子上也是瘦不啦叽的肉。我有一位远房的表姐就在里面做事，每当家里来了重要的客人，我母亲会打发我去割上三两肉。我捏着肉票，踮起脚尖站在柜台下，对我表姐含蓄地一笑说，我要三两“丹顶鹤”。我表姐心领神会地给我一块肥肉簇拥的猪肉，上面只有一点点儿瘦肉，而且秤头拉得老高……如今，这一地段修建了一座兰州最高档的四星级涉外宾馆，但入住率并不是很高，倒是它的桑拿和按摩的技术被人们口口相传，成了上流社会社交与休闲的场所。

6．一只船街道的西头，被旧大路（旧社会的一条街道）包围着，一到下雨天，这里泥浆翻滚，行人遭殃。在街口有一家车马店（现在是长庆油田的办事处），一到深夜，就能看见打着响亮鼻息的马车钻进钻出，一夜的住宿费用是一毛钱，外带马匹的饲料。郊区的农民们常常拉着一车车的冰草送到车马店，换回一些钱去补贴家用。车马店的旁边是一家花圈铺，一户来自农村的外乡人不舍昼夜地坐在门口劈着竹篾，然后扎成一个个的花圈形状。有一段时间，街上总是莫名其妙地丢失扫把和笤帚，后来发现都被花圈店做成了龙骨骨架，于是外乡人的名声一落千丈，可最后谁家也或迟或早地去买花圈，怨气便烟消云散了。在西头的街口，也许能看见一个卖棉花糖的老人，操着一口河南方言。你递给他五分钱，就会瞅见他把一小勺白砂糖倒进一个旋转的铁皮罐子里，在一盏煤油灯的作用下，铁皮罐子里会飞出云絮状的糖丝，缠绕在一根竹签上。在西头还有一家大型的柴油机厂，那些年，传言从里面制造的机器都漂洋过海送到了阿尔巴尼亚兄弟的手里了。厂子很神秘，有一个同学是该厂的子弟，他常常能偷出来一书包的钢砂，像一颗颗扁豆，街上的二流子们往往向他索要钢砂，那时最流行的武器就是钢砂枪，二流子们在街头混战中靠它决一死战。柴油机厂倒闭于90年代中期，它现在是一个专售陶瓷用品和盗版DVD的市场，在兰州小有名气，一些留着长发的准艺术家和文学青年们经常出没于此，嘴里念叨着好莱坞和尼古拉斯·凯奇的名字。说到西头，还有一个神秘的院落，门口有解放军战士把守，每当夏日的余晖降临时，一只船街上都会涌满身穿民族服饰的藏族同胞，更多的，则是身着赭红色袍子的喇嘛们。他们沉默地走进街道的西头，脸上荡漾着难以言传的神秘笑容。等我长大后才知道，在那座鲜为人知的院落里，驻锡着一位声名显赫的大活佛，他圆寂于2000年的春天。

7．说到一只船街道的南侧，就必须说到一所小学，它原先叫东风中学，后来改名为一只船小学。它是一所“戴帽子小学”，即含有初中两个年级。一座青灰色的二层楼，构成了它全部的内涵。我在1972年进入这所小学时，碰上的第一个班主任姓沈，她来自天津。时至今日，我仍然怀念她在第一次上课时晕倒的情景，她颤颤巍巍倒下的样子，给我留下了难以磨灭的印象。我们所有同学都呆若木鸡地看着她口吐白沫挣扎的样子，可没一个人站起来搀扶，为此她获得了那一年度的“先进教师”的称号。工宣队进驻学校是“文革”后期的事情，领头的是一个姓魏的家伙，他喜欢和学生们打成一片，在宽敞的操场上赌玻璃球。他玩弹子的水平在一只船辖区内家喻户晓，走在路上的时候，他一身发白的工装内时常传出玻璃弹子的优美声响。在学校围墙以南，整齐地码放着七排老式的平房，恰巧它的名字就叫“七排平房”。那是一些清朝末年修建的建筑，墙壁上镶嵌着很多的砖雕，故事内容一般取自岳母刺字和孟母三迁之类的传说。七排平房毁于1976年的一系列灾害，那一年因为有了唐山大地震，所以它的毁灭基本上无人问津。在我上学的路途上，要经过一段曲里拐弯的小巷，巷道的一侧是人家院落。有一户人家儿女颇多，奇怪的是老大儿子和老大女儿均为白痴，常常站在街口上往学生身上抹鼻涕，而他家的其余几个孩子都出落得异常聪明漂亮，尤其是一个扎着麻花辫的女儿，比现在的章子怡和巩俐之流的还要美丽一万倍，可是最近有一次我碰到她的时候，她骑着一辆三轮吆喝着买卖，我心里难过了一下午。在通往学校的路上，少年时代我最大的收获就是捡到了5毛钱，一看四下里没人，我掖进了怀里，幸好周围没有警察叔叔。

8. 我家门口有一棵左公柳，据说是当年左宗棠西征时种下的。每当夏夜，院子里的老年人一般都坐在树下，谈论着梅花党的故事和一双绣花鞋带来的神秘体验。那棵树死于1978年，原因是树旁的一户人家总责怪春天的柳絮飘满了他们的院子，所以指使孩子铲掉了树根下的皮，它像一位老人什么话也没讲，在春天发芽时变得僵硬了。

9. 煤场里有一个来自上海的老头，一直充当场里采购员的角色。一到夏季，人们常常看见他的自行车上载着一只水桶扬长而去，直奔雁滩，深夜来临时，煤场的家属院里就沉浸在一片沸腾的蛙声里。上海老头在院子当中唯一的水龙头下宰杀着那些青蛙，血腥的气息经久不散，以后几天，老头碗里的白饭上便堆满了青蛙腿。那年头，西北人对这样的饮食呕吐不止，因为他们一般把青蛙叫做癞蛤蟆，一想就起疙瘩。不像现在，兰州城里挤进大大小小火锅店的时髦女郎们，首选的可能就是这一道菜，但她们如今改叫“田鸡腿”了，据说吃了能瘦身。

10. 记得，1976 年 9 月 9 日下午，我刚从兰州大学的假山上玩耍回来，一只船街上最著名的秦妈便拉住我的小手，泪眼婆娑地对满街的人们嚷嚷说：毛主席，毛主席他老人家缓下啦！（“缓”是兰州土话里“死”的意思）不到一个小时，秦妈也光荣彻底地缓下了。

11. 在 1979 年秋末的一个傍晚，煤场偌大的场地上突然空无一物了，一队军车覆盖得严严实实进了厂区，车上拉着草席包裹的货物，军人们在口令的指挥下搬卸着，货物码满了整个场地，晚上还有荷枪实弹的军人在把守，没人明白那是什么。一只船街道上著名的“游击队长”肖老万在凌晨时分潜入场地，撕开了一包货物，他惊喜地发现里面全是鞭炮。次年春节的大年初一，他家门前一地碎红。

12. 大约 80 年代初期，最早的一首邓丽君的靡靡之音是出现在一只船街口南侧的一座公共厕所里，一只巴掌大的“煤砖录音机”被人捧在手里。与此同时，出现的还有大鬓角、喇叭裤和女阿飞。

13. 在一只船街道上，二流子们一旦看上了某个路过的女孩儿，心里就充满了毛遂自荐的英雄主义豪情。北京话里的“套瓷”,在兰州土话里一般被称作“采马子”,马子是一个暧昧的说法，它绝迹于 1986 年，后来被“谈恋爱”这样的文明辞藻所取代。

14. 80 年代初期开始的严打在一只船街道上引起了普遍的响应，原因之一就是它为流氓恶势力泛滥的重灾区。我们那条街上最著名的首领叫“铁公鸡”，他的军用挎包里，时常揣着一把锋利的军刺，他可以毫不犹豫地把军刺攮进一个人的后心里。铁公鸡在那次严打中被判了无期。毋庸讳言，他是我少年时代最崇拜的人物。

15. 那时候，一包双羊烟 1 毛 5 分钱，一包经济牌香烟值 8 分钱。我第一次学会抽烟，是在王志刚家的屋顶上，抽的是一根凤凰牌的，浓郁的香精经久不散。在那夜的屋顶上，王志刚还给我们吹了一段口琴（那情景和姜文的《阳光灿烂的日子》如出一辙），是一首知识青年上山下乡的歌，也叫《四季歌》，歌词大意如下：

……四季的流浪人归来
小妹已离去；
我少年时代的朋友啊，你如今在哪里？
想起了往日的欢乐，我悲伤又欢喜啊悲伤又欢喜。

16. 幼年的王志刚在一只船街道上勤奋画画的情景，至今还保存在老一辈人的心里，他时常坐在一架茂密的葡萄藤下，在一张张草纸上画着素描，我和我妹妹经常充当他的模特。他是一只船街道上出去的第一个大学生，现在已经是蜚声国内外的雕塑家了。前不久，他还和国内的诸多雕塑家在陕西的阳陵农田里举办了一次展览，号称“和历史对话”——他的作品是一堆钢铁的甲虫大军，跑过了冬季的田野。

17. 在70年代末，一本手抄书在一只船街道上悄悄流行着。那时候，每家每户的孩子们都表现出了空前的学习热情，一盏盏白炽灯通宵达旦地亮着，我的同学们都在奋力抄写着那本大胆而刺激的地下书籍，它的名字叫《少女之心》。但是好景不长，家长们很快就发现了这一苗头，在我的记忆里，最早的“扫黄打非”就是在一只船街道上开始的。

18. 第一辆自行车的丢失发生在1982年的某个傍晚，在煤场门口的路灯下，一位叫王建国的工人把自行车放在街边，一个人凑近棋摊上指手画脚，等次日黎明，他发觉自行车已经不翼而飞了，他坐在马路牙子上哭了整整一天。奇怪的是次日晚上，他的自行车又出现在了他家院子门口。

19. 我在1984年考上了大学，离开了一只船街道。此后每一次写下自己的名字时，我的脑海里就会浮现出那一条在黄河岸边飘摇呼唤的小街。

20. 大规模的城市改造也同样殃及了一只船街道，在某些官员的意志下，“一只船”要被一个更富于时代感和政治特色的地名所取代。我一下子慌了，在当地报纸的大讨论中，我率先发表了第一篇带有强烈“讨伐”性质的文章，专门拿一只船的历史来说话。我的观点得到了市民的广泛赞同，“一只船街道”终于幸免于难，得以保存至今。

21. 而今，我经常带着儿子回到一只船街道上走一走，一个颇懂八卦和风水的人告诉我，那里是我的由来和命名的根据地。其实，我心里明白，我记忆中充满诗意和怀念的小街，早已物是人非了。我的记忆和书写，不过是一次次徒劳的挽回罢了。

谣　唱

他们选择在一个深夜滚蛋了，这出乎所有人的预料。

他们在工地的几星灯火下，把肮脏的行李扔上车；他们还拿走了一台破旧的洗衣机、几杆笤帚、一根鸡毛掸子和十几双破鞋，幸灾乐祸地滚蛋了。——我听见整个大院长长地松了一口气。

他们是一群民工，来自积石山区的沟壑中。在漫长的夏天，他们和院子里的所有人都作对，人们都说，他们是带着仇恨来的。现在，他们终于可以滚回老家去了。

我躲在窗帘后，仔细打量着他们狼狈万状的窘迫和仓皇。我发现对面楼上的窗户都打开了，人们怀着快意蔑视着他们。一个络腮胡子的司机抬起脚，在他们的屁股后面驱赶着，嘴里骂着恶毒的下流话。他们东躲西藏地逃避着，眼光里伸出无数个钩子寻觅着什么？最后，他们又从一堆垃圾上搬出了一只稀罕的烤箱和一只废弃的煤气罐，夸张地抬上了那辆绿色的康明斯卡车。我记得那些垃圾是隔壁的王二家淘汰的，可他们却如获至宝。卡车上已经码起了一座高高的小山，在夏夜逶迤的风中，传来一丝恶劣的腐臭味儿，他们也许有几个月没洗自己的铺盖了。看到楼上的居民在观望，他们更加肆无忌惮了，他们朝着楼上开玩笑，说着一口难懂的方言，嘻嘻哈哈地打着手势，一点儿也没体会到城里人的鄙视与唾弃。他们就要离开这座城市了，滚回自己那个干旱丛生的羊圈里了。

可突然，他们禁止了喧哗，站成一排，把头上的帽子抹下来，像在忏悔什么。

谁都记得他们是春天时来的，那时候气温转变了，地上的灰尘含着水气在吹拂，鹅黄色的迎春花有情有义。在一个傍晚，他们被一个包工头雇来的大卡车领进了院子，像一群 30 年代的鬼子进了村。他们毁坏了花坛，在那里支起了帐篷；他们砍掉了几棵幼小的树，用于生火做饭；他们还在楼的一侧竖起了脚手架，准备在五层之上再加盖三层。冒着浓烟的水泥车开了进来；搅拌机的声音隆隆作响；数不清的砖头也占据了大院的每一处犄角旮旯。人们在忐忑中生活着，先前的秩序被完全打破了。春天以来，大院里的每个人的脸上，都挂着秘而不宣的痛苦，灰暗的眼珠子里快要凸显出一枚炸弹的恐怖形状了。

更有甚者，他们本来良好的作息时间被夏日的酷热给偷偷地篡改了，他们变得明目张胆、肆意妄为了。在月光明亮的午夜，家家进入恬静的梦乡时，他们就会加大马力跳上楼顶，浇筑混凝土或砌砖。午夜的搅拌机之歌，像一把锉刀在残忍地切割，搅拌棒的呜咽声，仿佛一支糟糕的坦克队伍兵败如山倒。月光被打扰了不算，人们咬牙切齿地盼望着天光大亮。那些日子，社区的几家门诊门庭若市，能够催人入眠的药物大量脱销。只有王二腼腆地说：这要是在世界杯期间就好了，省得我时时揪心丢了一场比赛！

这还不算什么，更让人愤怒的，是那些像鼹鼠一般的民工们在深夜的谣唱。他们操着粗糙的方言，不知所云地漫着一种西北的“花儿”，尖厉刺耳的咆哮声，像一辆永不疲倦的三菱重工推土机在碾来。在沸腾的工地上，只要有一人亮开嗓子，其余的家伙们便纷纷传递起来。粗糙的歌声此起彼伏，还夹杂着他们擤鼻涕、打饱嗝与放屁的粗蛮。他们糟蹋着民歌，不以为耻、反以为荣地开着色情玩笑，唱着男女之间最隐秘的故事，故意把尾声拖得绵绵不绝，好像要把一院子的居民都给弄醒来。他们的罪恶目的昭然若揭。

人们都说，他们是一群进村的鬼子，怀着对城市的恶毒仇恨来的。隔壁的王二反驳说，不，他们更像一群陈胜吴广，像一帮揭竿而起的起义军。

可现在，他们总算要滚蛋了。

这之前人们没发现任何的蛛丝马迹，让人匪夷所思的是，他们居然选择了一个夜晚要逃跑了，这事情完全出乎人的预料。因为家家户户准备了足够的唾沫和污言秽语，现在，竟然要让人们把内心的秽物要搁回各自的身体里去，这是万万不能答应的。

可就在这时，他们禁止了喧哗，排成一队，像在忏悔什么呢！

是的，他们的一个伙伴，一个十几岁的娃娃回不去了——那个满头卷发的小伙子是他们中间唱得最好的一位，可现在他死了。在夏天的酷热里，他一个人悄悄地跑到院子后的黄河里洗澡，一个浪头好似裹尸布，把他紧紧地纠缠住了。他的尸体早就运回了积石山的一座干旱的坟茔里了。他没见过那么大的水，他的家乡根本就没有水。在冬天时，他要背回三座大山上的积雪，才够一家人和几只羊羔来年的生计。

此刻，他们沉默了足足有半小时的时间，就那样抹着鼻涕眼泪地啜泣着。他们黝黑的背影，在我的窗下漆黑一片，我对面楼上的灯光都感觉无聊地关闭了，大家一定感觉到了他们还有什么阴谋似的，好像有人会拿起砖头砸了自己的玻璃。可事实不这样，我的邻居们在很久之后，都会满含歉意地原谅他们，像原谅自己的娇气与麻木一样。

因为就在空洞地沉默了一会儿后，他们突然开始了大声谣唱。他们可能在祈祷这个夏天的逝去，也可能是思念起家乡，当然，更有可能在安慰一个脆弱的亡灵，那个不幸的少年人。

这个告别的深夜，他们粗糙的歌词大意是——

活着（么）是捎来了一匹布，
死了么，是拖走了一个梦……

减　法

这几年，往山上跑的次数多了起来。

山曰华林，位兰州南翼、黄河右岸，实则是一座半生不熟的土岗。在张承志的《心灵史》笔下，它是晚清回民起义时，最后的堡垒之一。在100多年前的冬日，义军们汲水浇山，将山岗铸就成一座冰雪的掩体，以待劲敌。

但政权的箭镞像一把扫帚，又将它净扫一空。

现在，这里是民政部门旗下的殡仪馆，亦是一个人最后的归宿。往山上跑的次数多了，多是去送父执辈的，道一声走好！领取骨灰的一段光阴里，大家掸净尘灰，风度翩然，像一只只鲜艳的花圈，站在土岗上，接着谈说起人际、股票、八卦、绯闻和接下来去饕餮的餐厅风味，浑然不觉。

仿佛，生活真在继续？

这次，竟然是他？！他是我的一个异姓老哥哥，五十挂零，一直对我善爱有加。从倒下，再被送上山，一共才一个月，短得像天空掉下的一滴雨，给他打了一针无望的液体。他才华横溢，热爱生活和美女，酒量惊人。在他嬉笑的背后，却埋着一个文人的失意、落寞和苦闷。在他的丧仪上，我写下这样一联：寂寞刀笔吏，辉煌酒中仙。

前不久，我还去陆军医院看过他。待他从昏迷中醒来时，他告诉我，他读到了我最新发表的一篇小说。瘦削的笑，从他的脸颊上挤出来，也顺便帮我挤出了小说中的那么一点点“毒素”——他说，文学应当是真的，加上善的，再加上美的。洵不虚言。

但现在，他的死却是一道减法题。

——其实，谁都知道，人生只是单行道上的一趟美丽奔跑，不许掉头。人生的幅也不大，只够填满一只红砖大小的匣子，像他。

但他年轻的死，让人登时肃穆萧索，一下子寒自心生。我们五个朋友，站在初冬的土岗上，开始使用减法，来计算这一场美丽的奔跑。

五个人时，就在殡仪馆门口支下帐篷，玩炸金花，或斗地主。

后来，进去了一个。剩下四个人时，就在帐篷里打小麻将，彩头是一毛两毛，不伤和气，又能鼓舞斗志。

又进去了一个。剩下三个人时，玩掀牛九（西北的一种牌戏，三人组合）。

两个人时，知白守黑，下围棋。

——剩下最末一人时，世上的黄昏便降临了，百鸟惊飞，乱云飞渡。最后的一人也该撤掉帐篷，蹲在门口，替世上来往的行人掐指算命，指点一二了。

……

等等！写到此处，腕下雷霆。我直觉得那个坐入了世上的黄昏，替人掐指算命者，不是那最末的一人。

——它应该是一只空碗，置放于暮色下的土岗上。碗，也曾经少年，也莽撞，亦憧憬。在跌仆和传递中，有了痕印、小伤和豁口。所以，它现在命定般地空着，置放于黄昏和大地，如一个婴孩。它应该带着前定的宿命，要去接盛风霜雨露，接盛一切天下人的故事、泪、情仇和爱憎。

尤其，它要接盛下一切人的后果与前因。不分贫富，无论男女。

当罡风袭来，这只碗，能在暗夜里吹响——像那最末的一人，迷了路，或是醉了酒，被抛别在长路上。

幸福在哪里

大学时，我是逃课的生猛分子。因为我不信任。但我也有一个积极的想望：每家校园该有一片修林、一根笛子。该有一位面貌带点儿模糊的美女，去跟一个游方的僧人辩经。精彩时，他们手掌击空，掌声沾花落地。笛子呢？也应声作答，像一介忠诚的书童，弯腰拾起一枚叶简，夹进经书。

于此，一座深沉的图书馆，被弃之不顾，渐成废墟。

——夜晚点灯，逐读课本，贪享文字之美。天光敞亮时，我则抱着自己流连昏睡，心骛八极。那是1986年，一切都是旧的。几乎每天早上九点，楼道里便会响起一阵木屐声，乏味，冗长，去往水房洗漱，路经我的梦境。像是问话？也像是一笑而过的提醒？这个从黑夜脱身的人，在空阔的长廊里，常会打开身上的某个按钮，哼唱起一句歌子：幸福在哪里？

反反复复，就那么简单一句，追撵着一个叫“幸福”的人。对过是水房。水声哗然，一遍遍将我的梦境浇湿——我不知道，每个人的少年时代，是不是都有一次去做落汤鸡的机会？反正我是。

那时候，一切都是旧的。

其实，现在也没有变得更新。

后来，那个人走掉了，歌声也杳无音信。他去了哪里，继续去拾那一句歌词？还是早被幸福拐跑了？我竟一无所知。

只是，他将疑问留给了我，叫我一直锈迹斑驳，心生苍苔。

一直旧着。

幸福这个人

我坐在黄河畔，晒太阳。

太阳不是一个词，是铜制的器皿，灌了油，递出一灯如豆，让我去辨识世上的心肠。那日午后，他们一对夫妻拉着满满一架子车的废品垃圾，负重地登上了黄河畔的一面长坡。风吹坡顶。顺便，也吹凉他们身上的盐粒，和牙齿明亮的笑意。他们卸下拉绳，长舒一口气。女人从怀里摸出一只苹果来，在汗襟上揩了揩。刚递给自己时，却又闪电般地喂到了男人的嘴里。男人踏实一咬，留下一记月牙形的瓣儿，再推让给女人。

废品收购站的路尚远。

我继续晒太阳，看见车上有一块废旧的纸箱板，印着苹果公司的那枚标识。

另一次，大雪初霁。我穿过一只船街道。

在58号大院前，我看见一位美貌的少妇，端着一盆热腾腾的衣物，在擦洗晾衣绳。她背对我，心情沉浸。高贵、性感、妖娆，亭亭玉立，像一只优美的天鹅。按理说，我称她为建国嫂。晾衣绳其实是一根铁丝，手抚过，会有一种青铜的声音，弹奏空气。她打开一件件热腾腾的衣物，双臂一甩，将它们一一抻直，挂在铁丝上。定睛看去，却原来挂满了几十块尿巾尿布，上头淡黄的印痕说明了什么。屋檐下，一对老人坐在轮椅车上，晒着云层里稀薄的日光。他们静寐的样子，像极了一堆旧日的档案。

作为街坊，我知道他们是建国嫂的公婆，瘫痪多年，难以自理。只是，在她抻起尿巾，迎风一甩时，我望见了一层水汽，骤然腾起，缠着五彩的霓虹。那一刻，太阳恰巧露了头，朝人世上一觑。

——我在一些宗教画上读到过：在圣人或使者的头顶，常有一轮鲜亮的光圈，作了证明。

葬仪的行进

青海东部，靠近积石山一带，有一场葬礼在行进。

山里积雪盈尺，风寒鸦瘦，枯木遍野。起灵时，一只黄铜的铙钹在前头狂响，一路逐奔，仿佛头羊或领袖，作了引领；十几根清漆的灵杠，抬起龙头寿材，在清冽的日光下狂步紧随。我知道，那座金色的车辇上，坐着一静默之人。这个人的名字，叫“死”。

路经每个院落时，村人们必会燃起一堆麦草，焚烟路祭，送君十里。

此刻，在积石山上，一幅版画在秘

密地印制：那群缭绕的烟柱，仿佛一根根梯子，直端端地站着，正接续世上的亡人。

麦草是今年的。

今年的麦子下来了，但亡人却来不及吃上一嘴，就上路了。

在浩瀚的雪原上，一副鲜艳的寿材奔行着，犹如一艘刚打造停手的新船，追撵着天上的梯子，去说一句话，去赶一次长脚。

我心里一疼。蓦地想起昌耀写过的那个词——

“慈航”。

追悼几个词

“风，随着意思吹。”

16年前，在写下这句诗时，我的墨水就干了。墨水一干，说明一个人也该到了闭关隐修的季节。有一扇门，再也不必跨出，只需要研心问暖，冷热自理。诗，乃是一座修远的寺庙，只在暗夜里砌筑，可真不是写出来的。犹如风起，像一篇自然主义的散文，往往无人问津。

风吹，这是一个通透的瞬间，天空无蔽，让书打开，让心一凛——风吹自然，风吹古代，也吹过我的先人和祖籍。风吹过 10 点 43 分，也将吹过明天傍晚始发的一列火车。风吹人世上的生灵，也吹过一个婴儿刚刚溺尿的响声。这个小小的幼兽，其实还不知道，风也是一个难心的人，揣了惆怅，手持桨板，打望着这个空荡荡的人世上的流水。水穷处，自然也不见了风起。

现在，连那最后一点点的意思，竟都没了。

风呢，也就从远路上撤回，懒得究问。我被城市这家伙拎起，夹在腋下，嗅见了汗腥和馊臭气，惶若一匹瘦狗，拎着骨头，在人世上喘喘奔命。

没了意思。

词的死掉，就在眼前。

说话的空隙，风换了装，改了心思，与其他的伙伴们逐一走散，相忘天涯。还好，我揣着一本秘密的亡灵册，细数它们的名字：

流年、倾听、凌晨或黄昏、如来、落叶、天意、义、苍茫、小驹过河、宁静致远、棋局、真水无香、云絮……

在卷末的空白处，我静候，等待填写其他的亡灵之词。他们会来的。因为每一个词，事实上都是一纸契约，写在部首偏旁里。只是，现在他们还未坏掉，还像一台台磨损的引擎，在荒凉的人世上，吁吁赶脚。

其实，墨水也是一个词。

墨水干了。现在，我再也记录不下什么，连一个亡灵之词的间架结构，一阵逶迤流失的翅影，一捧净水，都再也无能为力了。

也好，我这就阖上这本卷册，敬请安息。

一日不作，心生荆棘

有一朋友，少时为贼。

贼的妙处，就是不能被屈打成招，再将鸭子嘴煮硬，滴水不泄。从宽待之，若一日为友，则终生为友。海枯石烂这个词，也不好去形容。他是我的发小。在过去的旧日子里，我有幸作过他的班长，替他写过作业，撒过小谎，还请过几次家长，严肃地谈过成长的疾病（做贼一事除外）。

准确说，他偷的是白玻璃。

那是一个玻璃紧俏的年代。虽说大地粗糙，无限生成，但玻璃是石头的精血，工业化的针脉尚不能恶意抽取，索要无度。其实，旧日子也有旧的好处，比如路不拾遗、夜不闭户。家家户户窗牖破损，蚊蝇穿梭，日光也缓慢，梦亦稀松平常。自从打碎了教室里的一块玻璃后，他一受罚，就积极上了道儿。

那年夏日，这个贼伤透了脑筋。他一直忖度，如何安全地将一整块玻璃，运出玻璃厂的大门？玻璃厂在学校附近。偌大的场地上，码了几堆需要外运的玻璃。茬口发青，仿佛一汪汪雨后的水洼，埋伏着几只青蛙。后来，他终于想出了奇绝的窍门，落草为贼。

夏天的正午，他佯称工厂的子弟，堂皇地进了厂区大门。工人们在楼群的阴凉里歇着，远远望见一个小孩，张开双臂，呈现一个“大”字，臃肿地走来。随口问：“做啥的？”他便含蓄地回说：“练功！夏练三伏么。”问话的人也再懒得追查，任其在空旷的场地上，蛤蟆样地来来去去，不亦乐乎。

他将一块块玻璃偷出来，不光赔了学校的，还将另外的砸碎在废品收购站里，贱卖了。一块废品卖出去，值七毛来钱。这在当时是一个不小的数字。我跟着他，吃遍了兰州城里最好的牛肉拉面。

却原来，他充分运用了光线的原理。有人叱问时，他便稳住身姿，正面迎人，让日光照透怀里的玻璃，仿佛身无一碍，了无牵挂。用他的话讲，日光也有发黑的时刻，况且一只肉眼呢。

他屡屡得手，一日不作，心生荆棘。有时候，遇上刮风下雨的天气，他就跳着脚，郁闷非常。再说，玻璃的丢失引起了有关当局的重视，还误以为是反革命分子在搞破坏。于是，设伏一下是必要的。东窗事发的那天中午，他又在一趟趟演练蛤蟆功，待对方抛来一句问话时，他照例回说：

“练功！夏练三伏么。”

恰此时，一丝暗云忸怩而来，遮住日光，泄露了他。

他一番惊叫。玻璃似一条青鱼，滑脱丢手，泥样地瘫痪在脚下。但鲜明的荆棘丛却很刺眼，泛着粼光。犹如一捆细密的毒刺，退出了他的身体，救赎他。他被管制劳教，三年不知肉味。

心荆肉棘。

这本身就是一个令人魂飞魄散的词。不说，也罢。

飞越疯人院

跃下山岗，就望见一座青砖的建筑。

那年6月的末梢上，天水一带气候异常。不是井底里冒黑水，就是青蛙集体过街，像动物世界里的起义军。夜里的天象也奇崛。星星们挂在一张沉闷的蛛网上，一步三叹。借上一辆自行车，我和一帮多血质的青年准备去郊外，去探视一下疯人院里的动静。

谁都知道，疯人院里的宝贝们，揣着一颗敏锐的心，也有出世的看法。

郊外的麦子青黄了，灌浆已毕，给起伏的山峦泼上了一层油漆。歇脚时，我们在麦田上朗诵诗歌，打滚摔跤，把理想寄托于远在远方的风中。又扶正一棵棵麦苗，替秋天做了交代。80年代最后一季的云朵，也含有一种文艺的灌浆气。我们把成列的麦苗，看成一首首刚写下的、成长的诗。

驰越山岗，疯人院像一枚印章，别在地上。

正值放风时。铁丝网里的操场上，一个个病人们身穿条杠的病号服，或在散步，或在吟诵，或在墙根里晒日头。也有一群肌肉发达的，争抢一只鸡毛毽子，腾起一团团尘灰，仿佛按下云头的孙悟空。支好自行车，我们跳过铁丝网前的壕沟，趴在网眼里细看。

此时，病人们也围了过来，叠了罗汉，对我们挤鼻子弄眼的，看着新鲜。我和那个奇崛的世界，只隔了一层薄薄的距离，吹弹可破。突然，一个病人指着我们，欢快地招呼伙伴们，讶异地喊：

“快来瞧，外头有一帮疯子。”

“一帮疯子！骑着自行车来的，是一帮长头发的疯子哦。”

“戴眼镜的疯子们。”

在劈面而来的讥消声里，我和这帮多血质的文艺青年们，惶恐地跳上自行车，丢盔卸甲，心跳遍失，骑上了丘陵。

云层低垂，疯人院像一块卵石，滚下了山岗。

世上的天平

坐在山顶，拍打灰尘。

仅仅是路经。翻过天山时，一场起自巴音布鲁克草原上的大雾，散了。散也就散了，不过是一阵蜂蜜和流奶的风。从远处来，又回到了远处，像一个人走掉，再就没了消息。却突然间，云塌陷，天敞开，一个广阔的世界大得无边无际，竖在眼前。人的心，也就断成了游移的悬崖。

鹰若标本，挂在太阳上，一动未动。

这么空荡荡的人世，荒凉到了惆怅，不置一字，也没了那种水落石穿的一粒粒声响。这时，便需要拍拍衣服，抖落灰尘。

拍打灰尘。

在山脊上，手一抬，其实只听见了自己的空洞。接着，乃是人世上的一粒回声，弹滚而来。“拍—打”这个动词，仿佛一个人的乳名，荒疏了许久，现在才被唤醒，跟着前世的脚踪，嗅闻而至。

人的心，其实也是一捧灰尘，一丸泥，在宽阔明亮的人世上浮游。“拍—打”，只那么随意的几巴掌，心的空洞便毕露无遗。

据说，这荒凉的世上，最早是有一架天平的，用来称一称心的重量，再去分配每个人的来路。埃及人这么想过，中国人也这么想过，黑人与白人、富人和穷人，也都如此作想，猜着末路上的歧途和光阴。

于是，在上秤前，“拍—打”，便成了宗教的源初，是一种信仰的举念。让心轻下来，再轻下来。比一片羽毛更薄，比天堂还轻。

但现在，人的心都实了，充耳不闻。

那一架世上的老天平，也脚声杳然。

春　天

剪羊毛的季节，悄然来了。

草原深处，一座寺庙刚刚砌毕；一只鹰捧着完卵，驰越天庭；一块毡毯将擀完一半；一个黝黑的婴儿才啼出一声。

风起时，一个剪羊毛的季节，落地生根。

其实，我一直相信，是太阳这个彪形大汉，拎着一把黄金大剪，走过草原。要不，比牛奶还白的羊子，比白昼更亮的羊子，说明什么？风吹斜表情，天空陡峭，鲜花打开。这个醉酒的糙汉子，踉跄奔行，在星宿上买醉，云朵上长卧不醒。那时，蜂蜜是沉默的，狗也不知所终。

春天了。

终于，他想起剪羊毛的季节到了。

数不清那些秘密的羊子，究竟是从哪一根青草的根部上，悄然挤跳出来，站在这个荒凉人世上的？像晨时的露珠，挂在大地的腰际。像一片片瓦，在地平线上飞行。像一根根燃香，机深如海。经过漫长一季的寒凉和摔打，它们被雪冻伤，被风弹破，被鞭子遗忘。现在，它们是一只只瓷器，蒙了土，覆了尘，漏洞百出，挤满在草原深处，等待探看和修复。

它们破着，碎着，裂着。在春天，祈望一位热烈的修补匠人，拎来一只黄金大剪，去细查，去慰藉，去剔净身上的疾病和哀痛。

这时，太阳来了。

太阳这个糙汉子，从蛮荒的醉里，一步步醒转，忆起了荒疏的手艺活。他是一个锔伤补心的工匠，一年一回，赶着春季，来到人间。平素的日子，他则站在天上，翻看手里的账册，记录着世上的爱憎与情仇。

剪羊毛的季节到了。

草原上，脚声恳切，经幡猎动。

这是一个需要举意的时刻，

我知道，我其实也是这么一只羊子，一只携伤具裂的瓷器——日光照我，如照着世上所有的好儿女，带了恩情，去怀想下一季的生动和热烈。

破　碎

再没有比这个词，更残酷的理由了。

“破”，其实是一种声音，挣扎地张开嘴，攥出心，念出这个字的咒语——风起兮，让这个空荡荡的人世一下子警惕起来，抵住嗓眼，破、破、破地发音。破的时刻，云裂，地坼，日头西沉，暗鸟惊飞。

一个人的姿势，也就出现了漏洞。

“碎”，则是一捆明亮的荆棘，掉下来。将这个人的影子，钉在地上，去继续他世上的伤心与怀想。

破碎：一旦碎到了破的地步，即使一尊神佛，也再不会破矣。

书　道

有一度，不喜欢沈鹏老的字，不明究里，唯因直观。

我甚至觉得，在一页劈木抽髓、鞭辟取筋、辗转而来的宣纸上落笔，不是每个人都有资格。那该是一份圣职。从念想的第一刻起，须一退，再退，直到成为一介修士，或一位忍者，披古时的星斑，戴旧日的月痕，漱口，净手，将自己锻塑成一枚那时的青箭，自虚空里射来——于香氛缭绕的宗教感中，在偏旁与笔画之间，延展想象，闪转腾挪。

或者，与刺绣相仿。一匹取自春蚕

的丝绸，凛凛冽冽，寄托于流水，委身于午后的一阵地气。该有一位心碎的可人儿，倚在织机下，呢喃秘密。

但今天不！

在一件印刷品上，有沈鹏老书录的杜牧诗句，突遭电击——

直道事人男子业，
异乡加饭弟兄心。

心想：书道的正途，或许不只停在“艺”的自炫，间架的无懈，结构的匀称上。更非表演的仪礼，亦非亵玩之鸟。在力透纸背的另一面，该有与云宣深埋的呼吸相应的——“义”，去适时作结。

远远望去，所谓的纸墨之寿，也无非是一个“义”字，守在了地平线上。在旧时，乃是士的节贞，是墨的操守，是一诺千金，才可能腕下雷霆。

于是通透；
于是海纳；
于是鹰高挂、日垂悬、帆正紧；
于是太初有道。

牧云的人

有一个人站在云上，揣摩世间。

我觑不见他的表情，闻听不到他的脚声，也摸不见他的心跳。但我知道，一定，有那么一个人站在云上，放牧着，什么。

要不，风起时，怎么会有大团的云雾，从天空深处挤出来，从日头的库房里癫跑出来，从青草的尖芽上漾荡起身？要不，午后的那一阵子暴雨，干嘛要急慌慌地擦掉地上的污泥，连累了旱獭和地鼠的王宫？要不，夕光砸下来的一瞬，山腰上大金瓦殿的脊顶，怎么会坐着一位观世音？

秋草黄了，在甘南草原。

早起，一个羸弱的阿奶，带着她的朵拉（转经筒）、羊只、酥油、茯茶和经版，走进山里。黄昏时，一匹单身经年的獒犬，牙缝里塞满了妖怪、魔鬼、传唱、爱情与失败，在毡房的周遭踱步，雷霆不已。四姑娘叫卓玛，在今年夏天的转场中，一个人悄悄走掉，再也没了指甲皮大小的消息。

一帮子穷亲戚，坐在草原深处，时常寄信，说明近况。

一定，有那么一个人，站在云上，放牧着什么？

——其实，我知道此刻，秋深了。

秋深的时候，即便一只滚烫的巨鹰，青春也会被吹凉。我的青春也凉下了。我热爱的穷亲戚们，嘴里吮过的酥油，也越来越，淡了。往后的日子，八成是一道窄门，云落下，冬莅临，草原和牛羊也会被冻伤。

只是，那牧云的人，也牧着世上的一切，偏偏不作声响。

我亦缄口，热泪长流。

世上的奇迹

经上说，唯有旷野中，才有神。

这是一句令人悲愤的话。在乌泱泱的人世上，神忽然弃绝，和他怀里那一颗奔突的心，跳出三界外，杳然无踪，寂寂绝尘。徒留下一把悬置的椅子，一介空虚的名望，一粒符号，替世代作了道歉的说明。于是心想，在神撤身别离的那一瞬，会不会鹰击落，日黯淡，泪抛别，像西北花儿里所唱：除非青冰上开出了一朵牡丹？

心念如灰。

风起时，灰便是不着一字，像神的

衣袂下卷荡的尘埃，一一顿灭。

悲，是一种情致，向下的俯冲，一堕，再堕，终止于万劫不复。而愤是一种姿态，撒出去的手，攥不住什么，惶惶而走。多少次穿州走府，空手而归，其实说的是一卷卷纸灰，在复辟的路上踏行而来，意欲回归原形，比如塑身为一棵树，一枝苇，一茎草，一盏花，以站立的姿势，再悲愤地翘望——

神的缺位，也使这个乌泱泱的人世，登时宽大明亮了许多。

何以？

三个友人狼奔豕突地回来，从果洛，从玉树。照例，我看见他们颠沛的屁股后头，跟着一阵失败的尘风，于是接引，于是洗涤。

酒像一盏灯，

照着归路！

于是，他们说了一幕世上的奇迹，大意如下：在海拔 4200 多米的玛多县城外，有一处玛尼石堆。祭祀的玛尼石并不鲜见，若六字真言的字母，标识着轮回或地址。在青藏高地的犄角褶皱里，像石化了的鹰，或鹫，静候顿悟与澄明的一瞬。玛多的却不同。三个友人结结巴巴道，好家伙，不亲见，难置信，足足有 25 亿块斑驳的大小经石，堆在地上。

不信？

去查《吉尼斯世界纪录》吧。

其实，我知道，宗教恰是这一刻产生的。

神的匿藏，并非出于勘破，亦非自愿，自觉更是一份无上的修为，无从谈及。像任何的案件一样，灰尘会泄露他，空气会出卖他，一不小心，让他无端端留下逶迤的印迹子，指示来人。这印迹子，犹如一团毛线，牵出线头，一个人方可迷信起迷宫与传说，尾随而上，供养或寄托。

与其说是一份信仰的功课，不如说，是在觅寻神，留下的印迹子。

我烂熟的几本经书，说到底，大多是神在用茶完毕后，用词语，用一条条哑谜，用三更时万物的脉动，用四序，用轮替的晨昏，悄然留下的印迹子。神在忽然弃绝的一刻，并不想背离，于是留下指示。

心想，那25亿块玛尼石条砌筑的祭台，实则是一方镇纸，“镇”住了一条忽隐忽现的印迹子，怕其弥散，恐其消失，畏其遁迹。在这个宽大明亮的世界上，神所遗赠的这一条线索，多像是一根即将朽烂的马桩，另外还系下灵魂，系下漂泊，系下前世与今生的因果，再系下情仇与爱憎的细节。

所以经上常说：赶紧！

夜里托梦，梦见25亿块石条，是一只上升的椅子。

——只是，那一只悬置的椅子，现在空着，将来亦将空着。空空如也，仿佛眼前这个宽大明亮的人世，人来人往，鼻息可闻，却又萧然远引。

但椅子上，始终不见，即将到来的——

那人。

彩票经

而今，彩票成了显学，人人吟咏。

守号之人，一定是在穿州走府的长路上，了无伴当的旅人。他的钵，一直空着，盛下夜露、鸣虫、翅影与风尘，像一部初创的哲学文本，一无来路，二无归途。他牙关紧锁，偶遇的释子、妖魔、杂耍者、玻璃匠人、冥想者，均对其无解。一个守号之人，羁留于地平线一侧，餐风饮露，塑身如佛。

选号之徒来也！

其实，世上只有一只算盘，执于高处的某人，噼啵作响，理论于心。在天罡的上方，是日轮，乃月印。轮替的长路上，它计算着脚程，刻画了得失，于翻云的笑脸下，露出了覆雨的霹雳手。在地煞的角度上，四粒珠子，标识着四序的阴晴，斗星的热烈与寂寞，以及内心的表情。

这是一本诗集。

选号之人终生的修为，乃是告发，这本诗集。

尚有那随机而为的人，默认了机器的文明——刷，吞吐自然，是一篇破绽百出的散文，好比夜宴之后，黎明初起的悔悟，好比鞋窝里埋下的一枚沙粒，好比一声歌剧式的咳嗽。呵呵，嘿嘿，弱水三千，一瓢足矣。

且慢！

漏下的一人，该是冥思者，类似圣人。他不参与投注，却时时发思，犹如六祖当年的棒喝，驱人一凛，继而拈花绽笑。

黄姓同事，热衷福彩，经年不息。

一日，黄姓同事站在投注站门前，位列末端。买彩的队伍，令人忆及旧年代里抢购冬菜的情景，但彩票和大白菜、土豆、胡萝卜又有革命性的迥异，前者关乎精神，酝酿庄严，后者为了果腹。百无聊赖中，黄姓同事觑见路边有一算命的瞎子，神袍，道冠，执一广告的幡子，在风中伺立。脚下还有一幅“双鱼图”，楚河汉界，职守分明。黄姓同事玩性顿起，仓皇道：

“算一次多少码内？”

回说，“5 元！”

“给你 10 元，老神仙，帮我算出今晚彩票的 7 个号码来。”

孰料，瞎子扔掉手中的幡子，摘下鼻梁上的石头墨镜，双目炯炯，玉树临风地断喝，“呔！滚一边儿去。我要是能掐出那 7 个号码，划得着在路边摆摊算命么？发傻了你呀？”

那一瞬，黄姓同事说，瞎子真像，一座刚刚翻新的寺庙，熠熠光辉。

据说，中头彩的几率，好比是将全美国的黄页堆在一起，你像李寻欢那样，拿一枚钢针，例不虚发，一针扎中了你家的电话号码。呵呵，恭喜你！

刚写到这里，一则新鲜出炉的新闻来佐证。欧洲大陆的新一轮彩票开出，奖额高达 1.7 亿欧元。据说，差不多等于一个普通工人，劳作 137 辈子。

137 辈子。

心想，静俟到那一世的人，准定荒凉、冷寂、无端萧瑟。因为，那时世上的人，均已成佛。雨露广洒，香氛遍地，一纸彩票，究竟能得度几米？

说这话的人，也摘下了墨镜。

标　点

最是仓皇辞庙日。

想象说，该是一团骨殖，不再敛迹，松开了锈蚀的翅翼，找见了往昔鹰或鹫的感觉，意欲从一个国家的屋脊上起跃，斜刺里（一个多么惊心动魄的词藻），晾晒于空气，像一次痉挛，像一辈子的瘫痪。

因为，最后的时刻到了。

在昏暝的雾霭中，也该有一枚针，匿身于命运之手。当鹰或鹫，在内心里摊开自己的一刹，这枚针，夺地袭来，一个人也就成了国家和历史的标本。谁也说不准，它是一只鲜亮的花圈，还是一声短促的惊叫。

等等！

在腾身的一刻，亦该有一道暗影中的门槛，将人一别，拽住一生中最末一次的邋遢或踉跄，留下窸窣的衣袂，仿佛那个时代印刷错误的一张报纸。这道门槛，内心湍急且热烈，张了张嘴，却不发一语。于是，在“别”住的刹那，可以重新来标点——

最是，仓皇，辞庙日。

最，是，仓，皇，辞庙日

最是仓皇，辞庙日。

最是仓皇辞庙，日。

剩下的句子，似乎都留在了门槛内，掩面而歌，有一种嗜血的狂欢。在那人凄厉的脚声后，吹灭了灯，浇熄了灰尘，刈除了一些粗枝大叶，和这些标点。由此，这首词变成了一阙杀人的歌谣。

教坊犹奏别离歌，

垂泪

对

宫娥——

夜　半

零时刚过，走廊里传来了一阵子窸窣声。

这个病房是一个套间，我陪护家人一间，另一间空着，空了许多个小时，日头拿走了什么，夜又送来了什么。但灯绳一响，有一种东西就跑干净了。下午时，刚从里面推走了病人，污迹斑斑的床单，像开给另一个世界的入门证。门是“L”形，担架拐不过弯，俩兄弟抬着妹夫进来时，一愣，再一愣。

我劈头盖脸地迎上去，想帮衬一把。

妹妹向隅而泣，提一个网兜，塞满

了脸盆、布鞋、板凳和十几块鏊饼，像长路上，赶脚的旅人。妹妹只是哭，肩胛忽高忽低，哭得布衣上的印花都快开败了。败也就败了，花败在夜里，说不定也是一种归途。但人不能。我忙计算着角度，匹身测量，好给他们出个像样的主意。

只耽搁了三分钟，胡子拉碴的弟弟就耐不住了。

放下担架，弟弟抄起妹夫，一扔，扛在了自己肩膀上，大步流星地跨进了病室。我木然，仿佛看见了黑旋风李逵，从一本禁书里溜出来，在世上打家劫舍，了结恩怨。弟弟卸下妹夫，打开，随手一丢，抛在了床上。被褥里挤出来一股子陈旧的气息，像回忆。

说是要挂水，但护士们阒无影迹。

凌晨时，俩兄弟蹲在电梯口，烧烟，叹气。

于是知道了，他们来自甘肃景泰，家在毛乌素沙漠的南翼，六亩薄田，靠天吃饭。妹夫出外拉沙，但车子翻了，胯下的“三马子”倒扣过来，横砸在妹夫的脊椎上。弟弟说，天爷呀，连车帮子都歪了。哥哥亦介绍，县上的大夫说了，脊髓还在，或许，或许是神经断了吧。

妹妹忽然恼了，从网兜里摸出一双筷子，当着弟兄们的面，咔嚓，撅折了。

折了的筷子，登时露出了一簇簇刺，带了冷寂的锋芒。原先，它们敛住自己，顺滑，细弱，布满了光泽，与眼前的人世合二为一，似乎并不会觉出什么。但现在一打开，却是藏有一束秘密的荆棘。

妹妹不说话，原来，是哑子。

我一激灵，想起刚才黑旋风弟弟的鲁莽举止，蓦地一疼。

墙上的指示灯烁闪不停，电梯始终在上下，运行。在夜半，这只神秘的铁箱子，在搬运着什么，却谁也没有揿下这一层，无人走进来，说一句暖话。

俩兄弟也不说，只顾着掰开鏊饼，往口腔里填。吃到干噎处，喉咙里打雷，有一种骨骼的声响。颊上的泪，是咸的，却不能解渴。

唯有墙上，那一排阿拉伯数字的神经，熄了，亮了，再灭了。

来一杯茨维塔耶娃红酒

醉了的下午，再来一杯，方可解酒。

我和小活佛思来想去，选中了广场附近的酒吧，我的天堂。天堂的法人代表是小弟，诗人出身，说不定会有什么秘不示人的私酿，一快心肠。秋阳高照，坐在楼上宽大的玻璃窗前，广场上蚁动的人群，烁闪不止，仿佛自高树上飘下的叶子，在风中呢喃——

干！

小活佛是转世来的，“80”后，接近三张了，长相如早年的费翔。手机彩铃是周杰伦，腕表乃天梭，足蹬耐克，喜食本帮菜，收藏好莱坞碟片。小活佛的主寺在甘南草原以南，在拉卜楞读经，常来兰州为人摸顶和开光。私下里，小活佛爱和我煮酒论道，说诗，议女人，谈六世达赖喇嘛仓央嘉措大师。顺便一醉，梦里不知身是客，在世上挂个单。

其实，我并不觉得他吃酒过分。我猜，这或许是另一份修行，为我不知。

这个醉了的下午，再来十杯，亦不能解酒。

往昔时，杯子是大的，大到了能够溢出的边缘，带着世上的喧嚣和泡沫。口感也杂，有一股子旧时代的尘烟和莽撞，试探青春，催逼光阴。渐渐地，杯子越来越小了，歌哭的时间日少，人生的幅也变得窄小。小到了再多的酒水，亦不能溢出的程度，比如现在的我。

小活佛已经泥软了。我也站在游移的悬崖一畔，见山，不是山，见水不是水。刚要喝瘫的一刹，不小心侧转身子，猛地看见了大厅中央的立柱上，贴着一副诗联。字是天堂法人代表的，落款却是茨维塔耶娃——

不久之后，秋天就要来了
我们将走在

往日，不曾走过的路上。

于是醒了，舌下生津，仿佛含了一片致命的解药。

我轻轻吟咏，声音若一根羽毛，唤醒了对岸的小活佛。窗外的艳阳歇了，该到了倦鸟归林，明月出山的时间。小活佛道：

“好诗！”

问，“好到了什么地步？”

“唵，嘛，呢，叭，咪，吽。”

——六字真言

不待释义，小活佛忽然起身，拧出一个热烈的榧子，喊来侍应生。我站在桌边的此岸，有一种溺水的仓惶感，亟待一根接引的绳子。小活佛却吩咐说：

“来一杯茨维塔耶娃红酒！”

末了，又追喊：

“加冰！”

私　心

我想筑一座高炉，用泥坯，用草胎，用耐火砖。我想填进黝黑的炭，让世上所有的风吹燃，让火肆虐，像一个疯狂的夏天。于是，我想丢进一坨铅块，放在炉膛的中央，看着它由灰转红，由红变白，再由白，抵达银子的亮色。我不喜铁的冷，铝的轻，钢的执拗，铜的黯淡。那时，我觉得铅是最优美的金属，是银子的前生，心里哗哗的，有深藏的波澜。

出了炉，它应该是一汪汪液体，会泻地无踪，消失了它的魂，弥散了它的魄。我小心地捧着它，开始浇铸——我富想象，我会捏造，我有形形色色的陶范。我想铸出一把小手枪，挎在腰间。我想铸出一只红军时期的水壶，再镌上一枚红“★”。我想铸出一只铅笔盒，藏下少年的心事。我想铸出一棵高树，落影婆娑，枝繁叶茂，再站上一只鸟。

有风吹来，鸟儿抖了抖翅，一飞冲天。

呵呵，我还要铸就一双银白的球鞋，不用粉笔涂，不怕雨天的烂泥，大踏步向前。我要给妈妈铸出一只锅，昨晚炒菜时，那一只露了底。我要给小学校铸出一块黑板，虽说它是亮银的，但最白的纸，能作最美的画。我还要铸一个爆米花的机器，走过一只船街道，在家家户户的门前，美美放一炮。我要给邻居姨娘铸一条金鱼，像灯笼一样，点进水里（半月前，她哭天喊地，捧着一条黑玛丽的死尸，葬在了葵花地里）。我想铸出一副透气的护膝，老爹的寒腿病犯了，趔趔趄趄，像黑白电影里的敌特分子。当然，我最想铸的，是一本《小英雄雨来》。如果可能，另外再铸一本《51号兵站》。

风起时，图画翻卷，一个个黄昏被夹进书里，没了影踪。

发烧是难免的，尤其在一座呼啸的高炉下。此时，我最想铸出一滴水，透明的水滴，刚挂在树梢，刚从瀑布上跳下，刚从井口里渗落，刚从一块遥远的冰上融解——

将我，

点化。

1974 年夏天，我 8 岁，带着积攒了半书包的牙膏皮，去卖给废品收购站。一只牙膏皮 1 分钱。三只，刚好能买一本连环画。

那时，我还不知道牙膏皮是锡制的，还以为是铅。

甚至，我不明白“铅”是什么，更不理解，“铅”其实是这个世界上，最重的一个汉字，含着一口微微的毒，像一坨银子。

在那个年代。

仿　佛

髣髴，亦即后日的“仿佛”。

在这些繁复的笔画里，我看见了一个词的深入，一次归位，一场秘密的典礼——它本来轻佻、顽劣、懵懂，却在凝耳中，谛见了一声遥远的律令，一嗓子棒喝，不由得停顿下来，检视自己。渐渐地，它开始收拾住奔突的内心，踉跄的脚步，敛住翅膀。它洗净铅华，素面朝天，倏忽间，变得整肃和庄严起来。这是一个词的完胜，卸下了胄甲，站在了今天的辞典里。

从“髣髴”开始，应该是有一个坡度的。

在坡顶上，有众望所归的海拔、景致和内心表情。它翘望，由此起步，抛别了市声，丢下了陡峭的凡俗、主义与理论，疾步简行，立意变得轻盈与愉悦起来。像一个词组成的鸟，在天空中掠过，写下粗黑的标题，以及段落大意。

佛

此刻，矗立山巅——

而后，俯瞰人世上剩下的全部事情，皆是“仿”。

发　面

那时，要蒸馍或烙饼，总是先发面。

新麦是最好的，粗颗粒，不要研磨太细。它们从打麦场上赶来，带了秋后的喜悦，且裹挟着刈后的田野上的鲁莽、笨拙与记忆，遍体鳞伤，磕磕碰碰。陈麦不同。陈麦搁在面柜里，等于去冬的一场雪，尚未融尽。

发面前，母亲羼半碗温水，手试一试，不烫，亦不冷煞。然后将一剂酵母丢进去，静等化开。酵母是上一次蒸馍或烙饼时寄存下的，留个引子，好继续下一顿的口粮。此刻的一坨酵母，表皮结痂，干燥，硬实,仿佛一枚疲惫的土豆,从秋野上拾来的。它的内里,却接近于一捧水,包藏着在一些秘密的时刻酝酿下的精神、体香与逻辑。投进温水,酵母便醒了,睁开最初的眸子,仿佛一介转世的灵魂,瞧见了稀薄的往世。它笑,或者哭,手之舞之,足之蹈之,像一篇性灵主义的散文,掠过了今生今世。

半碗水,开始浑了,若记忆。

母亲将酵母水撩在新麦的粉堆里,开始搅拌,匀速使力。先前还是分崩的粉尘,离析的心跳,此刻聆讯到了一句失而复得的呼啸,声声断,雨霖铃。穿州过府,自长路上踏行而至的酵母女王,不再衣锦夜行,杜门茹素,避世隐修。悠忽间,它抖落了风尘,露出真容,廓开了子宫般温煦的怀抱,拥揽八方。

我相信,这是一次结社。

甚至起义。

功课将毕,母亲大汗淋淋,赶着将这一坨柔软的面团,款款放进面盆,再苫上一块湿巾。她轻缓的动作,像抱起婴儿的我。

夏天,只需将面盆搁在窗台上,炽热的空气逐浪而来,嗅它,闻它,尾随它,烘托它。如果冬天,必须将面盆搁在炉边，免得冻伤，犹如它们是一群远天远地的羊只，煨心取火。在漫长的发酵途中，少年的我，会听见它们叽叽喳喳地说笑，有一团团的气泡，自它们的身体内漾荡而出，生涩、忐忑、混沌。是的，它们是属于秋天的，现在却被夹在夏日和秋风中，不能不表达意见，说出表情。

这时刻，一定在酝酿庄严。

我想。

北地的生民们擅长面食。

面食一般是“死”面，比如面条、饺子、疙瘩汤、一锅子、揪片子，拉面，等等，缺乏艺术和伦理，冷寂，不易消解。蒸馍和烙饼却不同，是“活”面，是在锅头灶下，将往年的地气接引过来，延续当下。“活”的精神质地，或者说宗教大背景，则是酵母，带着暗火与念想，湍急夜奔。我在兰州的榆中北山上，闻听过一户农家的酵母，是荒年迁徙时，从山西洪洞的大槐树下捎来的，相袭几十辈人，恩泽广被，代代不斩。

——“活”的市井之语，即是“发”面。由动词的“发”，抵达名词。

发面被切成剂子后，放在喧哗的笼屉里，在柴火的赞美中，蓬松，壮大，亭亭玉立，一扫少年时的稚嫩。往往，刚搬下锅时，母亲会紧着给热腾腾的蒸馍和花卷们挨个儿点染红曲、姜黄和蜂蜜汁，打扮再三，如出阁的闺女。蒸馍和花卷是居家时吃的，青春短促，不待久留。

但烙饼是长路上的伴当（土话：伙伴），救人性命，养人胃肠。烙饼别称“锅盔”。远古时，四方征战的将士们歇缓后，垒砌石头灶，倒扣钢盔，架在火上，又将怀里发酵的面团拍扁，丢在盔盆里，以挡饥寒。母亲烙饼时，经营得更细，会在发面的脸蛋上洒一些苦豆子、葱花、煎鸡蛋末，擀圆，碾平，一擀杖铺在铁鏊子里。鏊子下,乃是父亲从木器厂央来的锯末和刨花，文火,烟淡,风轻,漫长得像一场魇住的睡眠,且在傍晚。

灯下，一家人守着清贫之岁月，不知寒暑易节。

回头去看，面，真的发了。

屋顶上正落雪。炉子上，会有刺刺拉拉的响声，山蛇一般。原来，发起的面，先知先觉，早就逸出了盆口，掉在炉火旁，像是警示。

夏天，发了的面，仿佛一棵蘑菇树，挺拔站起，卸下头上的湿巾，双目炯然，山呼海啸，一泻千里。

在这支澎湃大军的身后，是酵母女王的震天锣鼓，是令箭，是大纛，是温酒斩华雄，是百万军中只取上将首级。

面粉一般白雪雪的羊群，攻城略地，势如破竹。

这是一个时代，对饥饿的态度。

猜想

养活一团春意思，
撑起两根穷骨头。

异姓小弟兴安在南方打工，周游遍地，音讯时断时续。每次醉酒，便挂来电话，诉说心肠，几乎使完了南方各地的长途区号。现在好了，落脚佛山，算是有了一份正经事。腊月中，小弟忽然衣锦还乡，且带来了一位女孩儿，还秘密领了结婚证。女孩儿自介道，湘乡人氏，在职小学教员，距佛山亦有上千公里。他们是网上认识的，一线牵的姻缘。

我赶忙置办了一桌酒席，给他们小伉俪接风洗尘，抱拳作贺。

女孩儿五官端正，礼数有加，眉宇间总有一丝说不出来的喜兴。对酒长歌，我和小弟酩酊不已，心生劫后余生之感。小弟嗫嚅再三，让我这个愚兄评价一下他的小媳妇。我思谋一番，夸赞说："她脸上一团春意，暖人。"孰料，女孩儿接茬道，"大哥，是春意思吧？"我笃定说："正是！"

她冰雪聪明地说："我家和曾国藩家，只隔了一座山。我也姓曾，远亲。"

翻过年，接到小弟的短信通知，小两口诞下一子，八斤。

我赶忙回复一联，以此恭喜："养活一团春意思，撑起两根穷骨头。"落款是曾国藩。三秒钟后，答复翩然而至，曰：

"孩子就叫，春意思。"

黄金在枝头转移

“蓬”，是一介贫穷的词。诸如逝若飞蓬、蓬门荜户、蓬户瓮牖、蓬乱、蓬头垢面，在在不同，均显出了这个词的漏洞与苍凉。怎一个“蓬”字了得。这还不算，再添上一枚“草”字，算是逼上了绝境，退无可退。

在寂寥的西北，蓬草是一种写照，更是命运。

假设，这个奇崛而辽阔的人世是一张餐桌，蓬草则是朱门前的一抔残羹，是罢席灭灯后的一堆冷炙。冬雪落下时，木叶萧瑟，天地寒凉，唯有蓬草抱紧浑身的骨骼，风滚草，在崎岖的旷野上奔嚎。洪荒时代的遗孀，经书里的弃妇，一行错误的标题，天空扔下的发锈零件，一路滚过，滚，滚滚，滚滚滚，声嗓里埋下了恨意与仓皇，直至化为白骨。

春天却是一剂针，喂给大地，蓬草仍有雌守之苦。

它含着舌根下的一口苦涩，于夏日的酷阳中，贴住岩层，根蜿蜒于地火，与蜥蜴、砾石、地鼠、浅梦、罡风、沙碛为伍。丑陋的成分，倒了邪霉的阶级，恶毒的血统，它像一座旧时代废弃的仓库，无人问津。羊齿懒得睬，马嘴疏于吞服，牛亦作了骑墙派，硕大的身躯挂在天际，仿若赝品之鹰。秋天来了。秋天也不会好到哪儿去，不说也罢。

如此看来，给蓬草再插上一记草标，亦会经年不售。

在极端的黑夜中，蓬草是沉默的大多数，拽住一根灯绳，知道总有一盏灯，为自己点亮。或者说，它本身就是一盏灯。

其实，我想说的，是兰州牛肉拉面。

小时候，我垂涎于这碗面，但只有在考出好成绩时，父母才会给 3 两粮票，2 毛 8 分钱，去饕餮一顿，犹如经书里的圣节。多数日子，我含着满嘴的涎水，走过面馆时，万念俱灰。清贫岁月里的食物，在记忆的沟回里深埋，像陈年的老酒，越发浓香，越发勾人。惜乎，我们再也看不见一根水淋淋的黄瓜上，刚枯萎的花蕊，刚退隐的毛刺。再也嗅不到新一季的麦香，初春时蒸进馒头里的槐花和榆钱儿，卷进锅盔里的野玫瑰……自然猎猎生寒，人心，已被典押于对过往的抒怀里，沉重如磨。

那时，我常常看见一日的买卖停当后，厨师们坐在门端里，手执铁锤，在敲打一块块黝黑的石头。石头嶙峋狰狞，大小不一，仿佛刚从古代的山崖上劈伐下来，在飞溅的火花下离析，带着旧年代里的密码。我不明白这干人在做什么，个个像艺术家，在凿试，在剥离。碎裂的石块，渐渐被碾压成了粉末，再丢进滚沸的铁镬里，在炉火上烧煮。刚刚还清亮亮的一锅汤，被煮成了泥黑的水，脱胎换骨，戽干，晾凉，珍存。师傅们告诉我：

“这是蓬灰！”

肉食者鄙。

秋风吹，山蛇肥。万木飘零之际，西北的农民们便携带了铁耙子，将旷野上的蓬草收拢回家，一半烧炕，一半点灶。蓬草燃尽后，炉膛里的灰烬，方成了这一季仅存的骨殖，蕴藏着精和气，被埋进了地下的深坑，像一场公开的葬仪。深埋3年，原本散漫的余烬，在地火和意志的催逼下，竟幻变成了一块块黝黑的顽石，被起出，被运进城里，被敲击成粉，被熬煮成汤——

是谓，蓬灰水！

蓬灰富含碱性。

在鳞次栉比的面馆，在西北农家的灶头上，此乃最经济、最贴心的食料，佐人胃肠，悦人心脾。使过蓬灰水的面粉，登时发生了革命性的转变，由白而黄，丝丝缕缕，仿佛一束束扯自太阳的金线，缭绕在碗中，纷飞于喉舌，落实在念想。这是名播遐迩的兰州牛肉拉面最致命的秘诀。可惜，人心思变，光阴流转，现在的一碗碗拉面中，多的是见效极快的化学制剂，是市场批发的抻面剂。而蓬灰杳然，退居地平线以西，生死孤寂。

青绿，进而焚为灰烬，达致于乌黑，终结在黄金一色。我也从少年人，混入了颠沛的中年，从一茎蓬草上，看见黄金在枝头上转移。

是谁?

——其实是里尔克，这样说过：

“我们嚼着，痛苦的拌料！”

牙疼的精神分析

牙疼不是病。

不是病，但它们麇集起，深埋在口腔里，砌筑了一个人的源头与动力。它们是洁白的石条，层叠着，开了光，发了咒，挤挤挨挨地窝藏下，像一个人青年时期必要的结社或激情。哪怕一生只此一回，哪怕迎头碰壁、覆水难收，一个人的唇齿之光，亦会烁烨光辉，带了标志性的笑，凛然远引。

反叛也是需要的。比如现在，牙齿在长路上的，一次踉跄，

甚至跌绊。

先是一线彗星，自天际一侧擦过，留下若有若无的迹印子。一不小心,落下来星点的火苗,犹如一个哑孩子,在青冥长天里呢喃、撒娇、耍横，揪扯不清。渐渐，又出现了一杆秘密的焊枪，带着变压器和弧光，在一个人的沟壑或山川中啸叫，揭竿而起。焊点所及，这个人一退再退，避闪不及，遂廓开了身体和内心，被洞穿，被蚀尽，被一阵漫漶的抒情擒获，张口结舌，类于朗诵。

的确，不是病!

牙疼，说到底，乃是一个人青年时代的梦想分泌。

上初二那年，因为嗜糖，牙齿上出现了霉点。张嘴给大家瞧时，都说要赶紧治，以绝后患。姜姓同学自告奋勇，牵拽着我到了人民医院，原来他父亲老姜就是牙科的一名小匠人，免费。那时穷，以为坏牙也是反动的旧社会。

长竿的钻头伸了过来，递进口腔里，小心翼翼地剔除、剥离、钻探。那时才 10 来岁，历史清白，家庭可靠，但钻头不究其里，竟然东问西看，一骑绝尘，深入骨髓，在内部拷问着良心和质地。老姜一发狠，在我的牙壁上打了洞，穿凿附会，直达神经。

于是，一束神经断了，在弧光中焦糊，腥臭不已。

老姜挺干脆，一不做二不休，填塞了一团药棉，杀死了它。

于是，那颗坏牙，经年埋在我的嘴里，像一座虚掩的穴洞，时时提醒着。偶尔，用舌头一吮，我的眼前便幻化出了老姜的笑脸，僵硬的举止，以及那时清贫的友爱。再吮时，我觉得自己的疆域在缩略，在退却，思想和身体越来越空，越来越残缺，留下了不可尽数的失地，来到中年。

今年中秋节，我带儿子，去了西安的碑林游玩。

在一座唐时的庭院拐角，冷不丁发现了一处门庭冷落的摊位，治印，立等可取。儿子好奇，嚷嚷着要买一方印。交钱，书写姓名，择好石料，并在电脑字库里挑中了悦目的字体。摊主驾轻就熟，径自取过来一竿牙科的钻头，点焊其上。

牙科的钻头，仿佛一位旧日的塾师，摇头晃脑，在宫格上描画，凿试，精雕细琢。粉尘拂动，像我和这个时代的俊杰们，被劈山伐石，打磨一空。

我带着一颗旧日的坏牙，冲师傅笑——

老姜，

问你是否别来无恙？

老姜没认出我来，气沉丹田，手脚利索。3分钟，方告完毕。

那一刻，隔着漫长且氤氲的时光，我忽然恍悟，我其实根本没有一颗所谓的坏牙——我，仅仅是一颗坏掉的汉字，曾被修整，被扶正，被补充而已。

牙疼不是病，乃是一个人的偏旁或部首，

偶尔垮塌。

放牛班的秋天

那时春天，歌声尚在路上。这个平庸的音乐教师逶迤而至，站在城堡般的“池塘底教养院”门前，四顾茫然。克雷芒·马修，多好听的发音。马修，像我家曾经的隔壁回民邻居，秃顶，矮小，宅心宽厚。1949年，战争结束不远，连路边的花也紧着身子，埋下内心，披一层昏暝的外衣，不曾开放。谁都知道，救赎才刚刚开始。

一场救赎，从何说起？

像少年时的牙齿矫正。第一次见到牙箍，在成都的大慈寺，刚送走了野鹤闲云似的流沙河先生,忽地杀来一位美女记者(来采访),翩然落座，麻辣腔调机关枪般地扫射，发问连连。唉，着实费人费事，让我漏气。美女相当精致，鼻子是鼻子，眼睛是眼睛，一组普通死了的器官，组装在她的脸上，却像施了魔法，十分耀眼，令人不敢去瞧，仿佛她是一块阿尔卑斯山下产的瑞士手表。哦，美女是断不可拒绝的，说不定，她是前世的一株花草，曾绊倒过你，荆棘犒赏过你，伤不起。我正襟危坐，搜肠刮肚，一面审美，一面作答，好像我是唐朝年间过来的一介邮差。

悠忽间，言归正传，话题刚落实到杜甫蒙难，在此地筑篷而居，我忽然发现了美女口腔中的一副铁齿铜牙。一根发光的钢丝，缭绕其上，像十字绣，将上下两排嶙峋狞厉的牙齿盘踞了，捆缚了，截铁，断金，掷地轰响，令她口中的杜老夫子及传世诗篇诘屈聱牙，受难不已。我感到了那一丝挣扎，戕害神经，沦陷骨髓，中伤大脑，遂惶惶然溜之大吉。后来识见多了，见怪不怪，只当是一般的治疗手段，无碍观瞻——我想说的，其实是电影中“池塘底教养院”里的那一群野孩子，一伙行为偏差的坏分子，一帮幼小的困兽们，等于那个时代的口腔中的一副乱牙，层峦，叠峰，错杂其间。

于是，克雷芒·马修来了，春天开始的一刻。

简单极了，《放牛班的春天》就这样，没什么了不起的。春天时，最好去踏青，摘花，酩酊大醉；或将牛羊赶上坡顶，怅望远方，把深蓝色的天空一遍遍看白；或劈柴，晾晒冬衣，将被雪压塌的屋顶一一修葺；要么，什么也懒得做，去穿上一双烂靴子，在融雪中踩烂泥，听呱唧呱唧的声音，仿如天籁。可这些小事件均未发生，马修老师刚进了“池塘底教养院”的大铁门，一股酥风吹了一下，心悄悄痒了一痒，春天便迅即被关在门外，与世长辞了似的。

一群什么破孩子呀，像被扫帚归拢的垃圾，堆在那里，一座旧城堡。

我猜，里头一定有战争的孤儿，失家的娃娃，被父母撵出家门的混球，摸到了法律这一根电线的小罪犯，纳粹军官和正经人家的姑娘诞下的私生子，破产大亨的小杂种，女明星一不小心犯浑的产品，人上一百，形形色色。电影也语焉不详，没指名道姓地说明他们的来历，也不必。总之，他们的脸上有旧年代的疯狂，亦有硝烟过后的迹印子，老也洗不干净似的，像遗传基因。

一本关于希特勒的传记云：那年头，日子太苦，希妈妈怀上这孩子时，一直不想要。有天下午，希妈妈应约，前去诊所堕胎，准备自私一下，从此单独享受生活。孰料，希妈妈在半路上不小心崴了脚，不良于行，这才怏怏然还家。这一个秘密的因果，从此改变了历史的走向，留下了20世纪最狼狈的一段章节，这谁都知道。看电影时，我甚至觉得讲台下的这一群少年，都是希妈妈的那个孩子，他们的长相，都是希妈妈崴了脚后抽搐不已的结果。上课了，打铃了，马修老师登上了讲台，可想而知吧。

唉，这一副时代的乱牙，对着他龇牙咧嘴，虎视眈眈。

我其实也坐在讲台下，面影模糊。

80年代的后半程，我就在校园内闲逛，虚度年华。那时的季节，像泼了一大桶汽油，到处都在燃烧。除了足球和女排，诗歌与崔健的摇滚像一个切口，暗夜疾行。我们恋爱、打架、辩论、结社（一般是诗社或文学社），还不定期地出版一本油印的小诗册。我们向女同学索要馒头票，私扯画报上的封面女郎，在厕所墙上画下最富想象力的一部分女体，蔑视书本，嘲笑师长，作弊，偷试卷，还连夜去宰了外语公共课老师家的一堆白鹅（她把关太严，不肯通融60分）。我们喜爱一个疯子，他叫尼采。我们把自己人都称作天才，身边时时有一个江湖，叫圈子，非请莫入。我们已经不太满意北岛、江河、顾城和杨炼了，连高尔泰“美是自由的象征”也稍显过时，我们和南京、昆明、北京和四川的“诗歌江湖”取得了秘密的联系……空气在颤抖，仿佛天空在燃烧，暴风雨来了？

来了！

那一场热病，就像少年时的牙齿矫正。那是放牛班的春天，我宁愿相信我就坐在讲台下，看见邋遢的马修——这个平庸的音乐老师，开始教大家唱歌。低音，中音，高音，分作不同的声部，各安天命，各司其职。当然有一个例外，小孩子汤姆·佩皮诺，什么也不会，干脆就坐在讲桌上，聋子的耳朵罢。

于是，唱歌是牙疼这种热病的另一种发泄孔道，亦符合孩子们的天性，却不是一般的流行曲，乃是圣歌——“哦，夜的力量如此强大，让我看见了您的面影。”城堡的高墙深院外，有一丝神秘的光线，穿行而至，勾勒出了他们明眸皓齿的嘴巴，让层峦、叠峰和一嘴嘴乱牙，逐渐归位，莲花尽吐。

马修，后来像一本被念完的废课本，被扔掉了。

或许，在放牛班的春天，我掉了一颗牙。秋天时，新牙萌发，我在黄河岸边的师大校园里，完成了早期的启蒙。

当时，我的绰号就叫小汤姆。

羊

一只羊是一种命运的寓言，而一群澎湃而至的羊则是国家的象征。在蔚蓝色的港湾里，羊群驰入了大海，号角吹鸣，灾难奔行无定。那运送金色羊毛的舰队折戟沉沙，缠绕了女巫的唱腔之音。在你们思想的中途面临了诗歌，独存下我遭遇了十万羊群。

星光熄灭，青铜之木锈迹横生，一个季节在这个世上寂寞地老去。谁细察？谁翻卷？谁又在举身投入？一本肮脏之书在人间奔跑，它喊叫："因为日期近了……因为那日子已经近了！"

我要向你们道出一口隐藏的泉源，在宰牲季节的微光里，鹰砸在大地的胸腔中。由是，我歌唱的不是一把刀子，而是血。牧羊人名叫“命运”，在乖僻弯曲的世代，他是收集者和光荣者。谁看见了他陡峭的面孔，是你吗？命运；谁聆听了他倾斜的朗诵，是你吗？爱情。如今，在我的诗歌中呈现的不是水，也不是奶汁，甚至不会是蜜与酒；我奉献的是一摊新鲜的热血。宰牲的季节到了，忆起贫穷的岁月竟然那么久长，使人慌张。也许预备的心情需要的只是忍耐。在那些过去的好时光里，月光垂照，十万羊群细如尘烟，端坐于静谧的山冈，我的诗歌是那样的衰微，仅仅用蝴蝶和花朵筑砌着颓圮的篱墙。罪恶并不昭彰，因为我们不知道罪恶的是谁？光辉没有基础，素朴又失去了拯救，心灵的嚼铁在暗夜中吼叫。经上说：“羔羊必牧养他们，领他们到生命水的泉源……上帝也必擦去他们一切的眼泪。”

宰牲的季节到了，在如此盛大的秋天，我家乡两岸的草原上，桑烟煨起，鼓角传唱。死亡的狂欢昼夜相连，纵马而来。“那日临近了，忿怒的大日到了，势如烧着的火炉，谁又能站得住呢？”在西宁的牺牲之夜，我目击了从各个巷口汹涌而出的十万羊群，怀揣着祭品和光荣，昂首迈进了肉铺、锅台和锯齿的吊钩。命运的牧羊人端住双手，恒切的祷告在最发光的时刻开始……道成肉身，因此我诉说的不是一种义人的捐献与放歌。牺牲的意志就是正义、勇气、黄金和迎头痛击的姿势。《慕佐书简》云："只有从死这一方面（如果不是把死看做绝灭，而是想象为一个彻底的无与伦比的程度），那么，我相信，只有从死这一方面，才能透彻地判断爱。"如水的天命，死亡喊叫着穿行了地狱和天堂、梦想与尘土、光明和败北。我想在血中完全真的赞美吗？幸免于苦难是有罪的，同样，幸免于爱情的人也是有罪的。我的诗歌的羊皮书卷被你们视同语录，我所书写的字母要一一变成见证的指南。宰牲的季节到了，谁也脱不下我们行走的双脚。我和你、牧羊人，"这些人是从大患难中来的，曾用羔羊的血，把衣裳洗白净了。"

噢，诗歌是大地的短暂者，我们幻觉的栖居须赋予热血以万象，精神予山川海拔。启示的门是由羊开启的，因为一只羊是一则贻羞的寓言，而十万羊群则是国家的象征。宰牲的幡叶垂落，举意的器皿在粗糙地锻炼，如水的天命让深秋的世界流布着一种闪烁的灯火。十万羊群与我和我雕刻而出的诗篇走过：群众、失败者、首领和头羊、酒杯、信仰和皈依、祖国、尊严和一切清贫的生活、美的诞生、自然和人的秉性不绝如缕。

宰牲的季节到了，唯有最神圣的灵魂，构成了众羊之门。

焰　火

焰火是一次高处的失败，是一场中断的青春。它使时间变得无足轻重。让天空闲置，充满荒凉和隐隐而生的泪水。高处，它的距离是一个人诞生、成长、美丽，甚至来不及允诺和奔跑。焰火的本质是由肉体到精神，恰好与爱情相反，它使宜于倾听的耳朵都纷纷关闭，让举念的双手都端坐下一闪即逝的神明。仅仅一瞬间，焰火飞升至风中的天梯，否定人类，带着极端的渴意和绝望。焰火的内部是寒冷，是千仞之下的流血如注，像一个夏天归入了企鹅的内心，静止、埋葬以至冰冷。焰火是火的一次化学反应，是火的形而上学，因而焰火是哲学的最基本命题。焰火是一次升华，是精神的高洁和肉体的灰烬，它验证了俗世的琐屑庸碌和可能的天堂。焰火的生是戛然而止；焰火的死是归于寂静，它的悬念和巨大的提问使倾身而去的人类仰望、指鹿为马和自以为是。但丁说："我看见你如何栖居在你自己的光里……"焰火的生命其实是一次飞行、吹鸣、迎头痛击。它使黑夜千疮百孔，成为神圣的打击和深入的追问，结果却为黑夜吸纳、吐露、再生。焰火和彗星的区别，在于彗星是一种宿命，它的形式大于内容，而且宿命的火仅仅是一种痕迹，犹如阴谋和未遂的剧场，带着轨迹和秘密的意志。焰火之火脱身而出，迅暂炫目。它要求的只是一次追问，一场公然的牺牲，对于旷野和天空的索取与缅怀。某种意义上讲，焰火之火光亮的只是自身，它使个人大于集体，使后者陷于混沌和盲目，成为预言者和小先知。焰火是火之家族中的秘密组织（有时是邪教），歃血为盟，成为此刻和骑士，像一把断裂的刀子，锈迹缠身，镶刻着可能的歌谣。焰火是东方文化的极端形式，当一个文明古国发明了火药而只用于炮仗和节日时，它代表了繁荣、欢乐和吉祥的不可捉摸。焰火之火广大而空虚，它占据了空间而又一无所获。它血脉偾张，义无返顾地断裂，使时间停滞，使空间破碎不堪，使人类渺小和慌张。那么焰火这只筐子究竟在打捞着什么？风雨星辰？季节？还是呼吸？焰火之美是一出牺牲之美，它使白昼成为一场喜剧，又使黑夜成为悲剧。它易碎、高远、不堪一击，使钢铁之夜无所不在，由此焰火成为了一种坚持的举意，比鹰闪烁，比日光艰难。篝火易于让人伤怀；柴火是基督的事迹；灯火代替着一种遥不可知的命运；秋日之火是欲念丛生，而唯有焰火之火是动摇、破灭而复归的凝视，由此大地粗糙地生成，日月运行。焰火之火同时穿行了地狱和天堂，使我们安于劳作、品质和赠与。那些离开攒动的人群深入旷野的人，是最后一批理想主义者，深怀尊严和美好的主题。高处的焰火之光，其实只为他们照亮和引领……噢，在焰火即将垂灭的刹那，我看见，一队整齐的天使，身着白衣，秘密地走来。

灯

灯使万物有了界定和意义，并从中退出，成为目击和见证。因此，需要赋予灯以过去的尊严和古老的品质。但丁说：“你却从睡眠中走来。”他的意思仅仅在于你使灯成为一种孤独的在场和指证，并同时穿行了地狱之黑和炼狱之烈。

在灯的巨大坡度上行走，当它只是一种器皿时，它和秋风、枯叶、井水一致；而当它深入抵达，成为挑灯守望的主人，它和热情、青春、血液相等。所以并不是一盏具象的灯，它驰越、高迈、脚步坚定，把数个世界和整整一个人类推至眼前。精神的微醉之火，一个词的遐想力，时间的重量及广袤空间，幼小的儿子的梦中发光，都是灯使然。当一盏灯诞生，万物因此呼吸、生长和憔悴，这个秘密的因果和链条源于一种神圣的目光，或者可以将其称之为上帝苦苦“挑选的器皿”。太阳是对人的一种深刻否定和游戏，在巨大的赞美的同时，它昭示着真理的不可企及和变幻无定，当它离去，一个人类像尸体一般地倒下。灯是一个黑暗世界的传教士，它将人心收回，使洞窟、战乱、疾病和泪水渐渐聚拢，形成公社和集体。当你抬头凝望时，它是正义、良心、温暖和耳语的替身。灯：这个毛边发光的词丰满充盈，让你无端地想见圣母的幸福隐现的脸庞，和她即将说出的谶言。在灯的村庄里，古老的诗册和羊圈，以及我们艰难的生息，悠长沉醉。那些铁血的执火者是出于信仰，负灯逃亡；那灯下的沉思者其实是一种担当，在二者之间，灯的意义才得以铺展开来。

巴什拉说：“在同一村庄里，有两盏哲学家的灯，那就太多了，多出了一盏灯。”火，是灯的异端的权利，它往往和革命、献身或者过激的暴力相联系，陷入不可测知的沉沦与褊狭。灯平衡着我们，它是一种优美的秩序和递赠，使我们始终慷慨于眼前的事物，而对辽阔的无知产生敬畏和追问的念头。

灯是对火的一次抽象的追取，它博大深沉，囊括着万物和九死一生的睡眠与爱情。在旷野中奔跑呼唤的是灯之意象；在贩盐路上寻找的却是灯之肉身。当灯光打灭，黑暗还乡，萦绕着我们一贯的嗓子的恐惧、颤抖与徘徊将复辟重来。但是内心之灯呢？依旧在我们四下摸索的手中一一传递，并放置于光明的高处，谕示我们。内心之灯永不垂灭，这是只有历经了光明之暗与黑暗之光的人说的，于是，领袖和头羊出乎意料地产生。灯和孩子及天使有关，在宁静的背面是一路踏歌而行的关怀、呵护和抚摩。

在秋日明朗的天空下，一朵云也是一盏灯光，带着神示和象征，让人无限起来。在这样一盏伟大的神灯面前，过去只属于现在，未来也是灯中的盐粒，噼剥作响……在这一处心灵的坡面上，谁和灯相遇，谁就是那亲爱的人。

黑　夜

黑夜之黑犹如无所不在的钢铁之船。黑夜之黑有若上帝的一次秘密的谈话，在那深处，就是可怕的众神的居室。所以巨大的帷幔，所以高挂的预言，起立、奔跑、终止以至实现。黑夜之黑：带来者、具有者和赠与者。在这只破绽百出的口袋里，囊括着一个人类的尊严和垃圾：诗卷、热爱、遗址、灯火、痛苦、惊骇、拯救以及突如其来的宗教。黑夜降临，就像我们脱口而出的那样，黑夜，即将降临——不是须弥上顶的黑夜；不是末法时代的到来；甚至不是末日的忏悔和惊喜，而只是一个普通的夜晚凭空落地。

里尔克说："究竟谁度过了它？上帝。你度过了它吗——生命？" 在这种怀腹的神秘主义的忧伤中，凭着内心的起誓和慷慨，我发现——黑夜之黑，在这个伟大的"几何存在"中，一个人类和数个世界的孤单、形影相吊和破碎。倘若星子密布，那也只是这种前定的挽歌的深邃奥义、内蕴和无可言表。可能的天堂在哪里，这黑暗的实体就在哪里。哺乳者的吮吸，以及流云和内心的舞蹈使钢铁之色富于人性，时间的链条锈迹横生，空间无从缘起，剩余之下的只是精神与肉体。黑夜，披沥而至的冥想与关怀，像一个最后的女儿，成为祭司和领唱。你热爱这生死未明的黑夜吗？有人如此质询。在我们芳香四溢的体内，留存着这样一个愿望，等待着秘密。

黑夜之黑，使生为之艰辛窘迫；使死成为信使和骑士，稀薄、广大、无上，占据着头顶的神明。噢，即将在银子的月光下，伴随着黑夜的鼻息，迎送之间的生涯、爱戴、追逐和情义一一翻身、站立，甚至丰收的大地、凋敝的城堡、肆虐的河流。它们是唯一的膜拜，填补着亘古的黑夜之黑，使之光明。

这就是神性的第一日。在这神性之夜，唯有奇迹的火深入旷野，和内心的道路。在凝固成石的时光中，这是先知和使者的领域。这不是灭没的追索，在我的窗下，我聆听到了藏蒙之间的长跪和顶礼，回族之中依次频递的口唤和举念。因此，唯有这黄金的世代是第二日。经卷留下了，洪水退尽，这黑夜之黑仍然昭彰，像一匹九死而生的大马，带着旧日的歌谣。黑夜之黑，静处是凸现的故乡，而远方永远是四散寻找的人心和在路上摇动的木铎，激越清晰，腰斩了琐碎之下的哀痛和伤情。在广大的夜空中，黑夜之黑使一轮新月上升，它单薄逶迤，像硕果独存的一卷医书。而巨大的山川上，寺院飞行，经幡落地，一个人类在灯火丛中安于睡眠……仅仅到了黑铁的世代，或在第十日，早起者离开了村庄和黎明，正如海德格尔所说："历史是民众进入了如水的天命，并开始其历史的捐献。"黑夜之黑，当我度过这样一个神性之夜，让我说，一切才刚刚开始。

雪在烧

唯有在万物枯灭飞逝季节，我们敞开的双手上才会有天使纷乱杂沓的脚印，像一队公开出演的合唱队员。雪在烧，与其说大雪在烧，不如说是血在烧——这是只有旷野般奇崛形象的冬季所昭示的唯一奇迹。《启示录》说：那骑在马上的，叫做“死”，指的即是冬季。它枯寂、反复、疾病缠身，在历经了精神的夏日和秋风中滚落一地的肉体之爱后，形销骨立，亦步亦趋。冬季：十二卷经书之后的驻足、叹息以及永远的旧地。一名战士，荷戟彷徨、刮骨疗毒、枕戈待旦。这漫长的冬季犹如一张飞卷的兽皮，横陈于天际。因此不妨说，这公然肆虐的北风和寒意追伐的日子只是等待着一则秘密的消息、口唤和示意。它双目圆睁，在大地的流火尚未点燃，倾斜的星辰还未陨灭之际，它等待着第一阵使者的春风……于是，奇迹发生了，漫天的雪花如钢铁之炉，轰然砸下。

雪在烧。雪是神示的文字，留给大地解读；雪是天使的羽翅，在沉寂的心上镶刻了脚印。雪：银子的碎芒，月光的仓廪，当它一旦奔跑、呼喊和投入，一座颂歌的村庄即将显现。因此，雪是东方的意象和化身，它和酒杯、泪水、恋情以及伤怀息息相关。“晚来天欲雪，能饮一杯无？”其实灌注的是雪之尸身和消极的笑意。“风花雪月一场空，转头今日还是一场梦”则是佛印之下的感悟、破灭和放任自流。因此，需要赋予雪以冲击、牺牲和勇气的一切概念，使之燃烧，成为大火，端坐天空，光亮一个茫茫无际生息皆无的庞大冬季。所以在这个意义上，血与雪成为同质，具有性格、思想及一切可能的品质。雪在烧，它挂于高处，内部之火丛生漫流，使巨大的天空和黑夜成为舞台，噼剥作响。雪在烧，十万雪花蜂拥而入，投入炉口和刑场，像一批揭竿而起的群众。十万雪花，在内心的道路上，也犹若十万鲜血，踉跄奔跑、摩擦生热，熠熠闪光。如果闪电是一道深长的呼唤，那么大雪在烧则是一幅伟大的经幡，直接、深入、带着天庭的谕示深入人心。在此，血液涂漫了雪花之血，使之成为热情、理想和生命的同一意味。那个浑身死寂的人，那个骑在马上的人，那个叫做“死”的人如今在哪里呢？他跪伏旷野，如同整整一个人类，恭迎着这一场大火。他听到的是十万雪花的集体赞美、奔跑和气喘吁吁。他看到了大天空下一道精神的狂飙砰然落下，热血纵横，青铜枝下，春风伊始。这一堆形而上的大雪之火由是成为冬天之门，它使大地宜于眺望，使山川成为造化。血在烧，血是一种整肃、提升、纯净的水晶之物，洁净着我们自始至终的目光、心灵和关切。

一个疯子突然闯进了正午的市场，他急切地宣布：雪在烧，十万雪花抱成一堆，熊熊燃烧……而众人耻笑。一场寒冷的冬季尚在途中，像生命中的任何时刻，它的突然驾到，使我们措手不及……

盐

看见灯光了吗？西北以远，在遥远的贩盐途中，如果我们看见了命运的灯光，就请歇下手脚，就地放弃吧。但丁在一个雨夜里如此痛苦地质问自己：“你为什么单是，这么热心地望着那些灿烂的光芒？”噢，清贫的生活，那么悠长沉醉，我们怀腹的伤情中偶尔分泌出咸腥的泪水。不是因为悔恨、劳碌和千疮百孔，而是盐的匮乏与心灵的丧失。十二个小先知在君临的日光中飞行，她们焚毁的秘密其实是如下的一行字：“你们里头应当有盐，彼此和睦。”在柴达木之南，在茶卡或察尔汗（分别为藏语和蒙古语，意即：盐湖——作者注）的地火中，我愿意为你们背回一块盐根，并且说：“我是你们中间的盐……”

平庸而经济的日常生活一再地冲击着我们，使我们漫漶一地、流泻一空；我们所葆有的营养：高贵而自尊、正义与光明、牺牲与奉献的勇气及信心使血管蒸发、肉体真空。在这个宽大明亮的世界上，我们的生命始终也找不到那唯一的一滴卤水，来澄清我们的念想。看见村庄的灯光，仿如看到了人群。在遥远的贩盐途中，我中止了行走，歇在一盏光明的油灯底下。没有人能承担一个世代的溃败，尤其在旷野深处。我歇在我命运的灯下，抖落了藏在羊毛丛中的盐粒。我的舌头就是殉道的开始，它已经窥破了来日的辙印和高处的叹息。盐，我说的不是咸腥的化学，我指的是诗歌的几何，一个人类进化的炭火和一副皈依的心情。要用盐来止住内心的渴要用行动的书写来扶助眼眶中待哺的慌张。因此，我要在灯中撒下盐粒，助其燃烧，为我回答；我也要在伤口和鲜花的根部埋葬下天鹅的新娘。

我指的是原始的盐。固体的海水。静止不动的心跳。日光的晶体。洁白的风暴。肉体之歌。革命以及患难与共的爱情。传说的石头。谣唱之齿。夜半的歌咏。宗教的钟磬以及大地粗糙的生长。谁的心中有盐，谁就不会是一片坍塌的废墟。顺着盐的道路，让我们一一回到地上。让我们充满光荣的劳绩，麇集屋顶。

“看见灯光了吗？”锦衣夜行的使者穿州走府，遍体梨花，如此紧迫地训示着。看见灯光了吗？其实，我双手端起的只是一捧盐之激情：根须飘拂，覆及山川和人民。

豪克说：“伟大的思想家、诗人和艺术家之所以喜欢险象丛生的氛围和置身于生机勃勃的急流之中，是因为他们本身就是富于力量的人。”

奇迹的盐将使人光辉，而信仰的盐又让人踏实和沉着。因为盐，豪克接着说：“伟大的、悲剧性的经历唤起了精神，赋予他以衡量事物的不同凡响的尺度和对人世的独立评价，如奥古斯丁的《上帝之城》，如伟大的但丁。”盐自始至终平衡着我们，在水声和万物的流逝中，让我们进入了历史、死亡、性和无尽的诗篇。因此，霍尔特胡森说：未来的“内心世界”的诗人正着手将自己迄今东游西荡、飘忽不定的才华集中到一种独一无二的、特有的和权威性的音信上。

某种意义上讲，故乡也是一种盐，心灵的浮萍需要家园的养育。看见灯光了吗？灯下的群众在唱：

“马车从天上下来，
把我带回我的故乡……”

布达拉之鹰

觉悟之神嘹亮地奔走。在充满手印和法号的天空下，建筑之翼将降临人间。一座世俗的城市将围绕宫殿展开，而荒凉的筑居从此拥有了可以仰望的海拔。“哦，布达拉！”当我舌根翻卷，像一行错误的印刷修改了这一句音节时，“立刻，在那绿色的珐琅上，那些伟大的精灵呈显在我眼前”。建筑之翼铺天盖地，在时间的涡流中，轮回的人群必然再次聚首。神已经被人驱赶，只有历史的旷野深处才有光芒的痕迹。“如今，我的诗篇要歌唱新的刑罚”。作为使徒和邮吏的但丁，看到神，已经被人粗蛮地驱赶和暴殄。在最崎岖的天空中，只有鹰是树，羊群是热烈的粪火，给予了我们最秘密的思考与保存。一座山，在迢遥的河流上将自己打制成一只理想的灯笼，耸着肩，弓起脊梁，在墟烟和尘埃密布的人世上等待消息。“如同幼小的鹳鸟，突然有了一种飞行的欲望”。是毁弃？还是背叛？抑或是一份牺牲的隐遁？布达拉之鹰，一只翅膀是雪，而另一只翅膀则是血。她紧锁的桥梁频递，呵斥着我们赶紧。如同一首诗篇的结局，在谣唱和青春的道路上，我们不是收获者和收集者，心灵戛然而止，守灵的油盏在全身游移。还记得那个雨夜吗？在精神的屋宇上，一只鼓的心脏在提问。在雨夜，穿行于青稞和桑烟的街道上，一个人生寒凉的现场，我和我双手的睡眠一齐到来。

孩子，暂时的火和永恒的火，
你都已看到，现在到了另一个地方，
我自己再也无法明辨。

我拥戴那种翘首而盼的姿态，在切齿的目光中，未来的石头在今天的祝祈中灼亮燃烧。凭着什么样的福祉和披沥而下的关怀，噢，我还要怀恋这些砌筑于云朵之巅数以千计的房间。一个微弱的土地测量员的身影穿行于活佛的人间，而被驱逐的十万奴隶呼喊："我要以宝贵的鲜血，娶她为妻。"铁汁流淌，残阳似血，劈山取石，骨殖灭迹。一幕神示的大光明成全着最后的赞意。眺望：多么酸楚的内心姿势啊。布达拉之鹰，如今你栖居的人类之巢是如此衰败而凋敝，"那些美人和英雄，那些在我们内心引起了爱情和殷勤的艰辛与悠闲，如今人们的心在那里变得邪恶了"。

宫殿的蜂巢，灵魂的隐蔽居室，在九百九十九间而外，我渴望这最后的一穴。谁代替了群众和集体？谁抛弃了信仰与执义？捐躯而出，化为道路和和平之镜。布达拉之鹰，你努力的轨迹只有在我的眼中明亮如砥，鲜花怒放。那一眼光明，那一座为世人离叛和诀别的石窟，仿佛旧日的作品。烟雾与尘索填满的嗓子，等待着油灯之下一只名叫新娘的羔羊，在暗夜里叫关噢，如果我还要写下浩如烟海的卷帙与典籍，那么我会死去。谣唱说："在这个世界上，我们仅仅相处了半天，离别时为什么不说声再见？"布达拉之鹰，开窟造像的人会失却双手，不劳而获的人却坐拥酥油的城池。如今，我只得到安慰的麻痹和一捆诗篇中的荆棘，我身边的不朽之人却云："我看到全宇宙的四散的书页，完全被收集在那光明的深处。”

我答：“在最高的旷野，必定有一团最美的神迹。”

噢，祈求飞翔。

诗　歌

一场书写中的寒冷突如其来地降临。一则生命的尺度是1毫米，还是8000公里？谁也无力回答。唯有诗歌秘密地运行，让我们得以自尊、光亮和宠辱不惊。一场书写中的寒冷理所当然地降临。灵魂隐秘地开花，恳求的奇迹撤身而去，夕光中的乌鸦带着寓言和昭示的字母凭临天顶。噢，诗歌的良心如今奉献而出的不是热血、牺牲和重若青铜的举念，剩下的只有泥泞、凋敝和梦魇深处的痉挛之辞。牺牲者的花园，比如鲁迅的花园，在眼前晦暝难分的季节，成为了精神的经幡和墓地。从来没有什么像诗歌这般的圣洁之器让我们离神明如此之近：她引导！她提升！她洞彻以至照亮！她使光荣成为光荣！她让泥沙俱下的奔跑、泪水、青春和朗诵化为不朽。海拔之诗，测度着我们。一个人类掘井自饮的行为将不再荒唐。一场书写中的寒冷必须降临。需要一场自天而降的狂飙之声，涤荡甚至瓦解我们肉体内外的肮脏、垃圾和蠢蠢欲动。牺牲的功课犹如眼前，捐献而出的只能是一种干净圣洁的情愫。技术主义的时代使战士蒙羞，而奔走相告的人群洞穿着良心、法则和执火的传递。暗夜如此高广，甚于煤炭的世纪。一个迎头痛击的孩子所以哀叹：“和所有以梦为马的诗人一样，我不得不和烈士与小丑走在一起。”诗或歌：金子的门环，在人类的旷野之上迎送岁月，目击朝代。此刻，一个信仰的姿势不再是聆听和弯曲，而是高声颂扬中的质询。一场书写中的寒冷义无返顾地降临。平庸的世代，歌声多么徒劳；凸现而出的骨骼和逐散已逝的体温委顿如泥，恍若隔世。寒冷日复一日，肢解的机器工厂在四方嚎叫。在集体的错愕之中，诗歌的奇迹必须彰显。奇迹：坚持的血液；转折之下迎面而来的革命；法老的尸身和遍地的红旗以及我们不辍的念诵和祝祈。因此，里尔克说：“离开奇迹是前景黯淡的，唯有通过奇迹而不是通过我们，艺术才成其为艺术……”如果剩下的是我！我要赞唱的不是女神，而是一捧隐忍的灰土。在天使的队列中，那个突然呼唤我名字的人，就是一桩奇迹的诞生。一场书写中的寒冷和黎明一齐驾临。诗歌的村庄刚刚搭建，语音混杂的劳作简单却令人呕吐。看看，在猪粪和泔水中端坐的一人，心灵的约伯和心潮澎湃的上帝热泪双流。黎明也是一场无辜，尤其当她展开了一卷鲜血般的红色羊皮书卷。我们知道，诗歌已字迹全无。一场书写中的寒冷无辜吗？盛大的阴影自始至终笼罩着椎骨。如果诗歌是一种人类的立法，就请放弃。恰恰相反，在狼群和瘟疫肆虐的村庄，需要的是一次执法的出击，需要的是一场整肃、停顿和革命性的叹息。公牛毕加索看到：我们一发现我们的集体探索的失败，每个人就不得不去进行个人的探索。个人探索总是返回到当代的最初形式：即凡·高的形式——一种实质上孤独的悲剧性的探索。这就是自我修炼的缘故。一场书写中的寒冷已经降临。在最后的营地，一批铁血的战士强忍孤苦，刮骨疗毒……

敦煌：我诗歌的首都

我聆听到了哺乳者的歌声。这歌声如风：风吹新疆，风吹玉门城楼，风吹古老的祁连和胭脂山下的草原，风吹沙石和岩画上陡峭的祖先，风吹自然，风吹一座灯火中辉煌的首都。在歌声中，我仿佛目击了创造，感恩于人民，报答了时光。内心热烈的人，将把万有的一切和琐碎的生活细节归于创化之功。敦者，大也；煌者，盛大也。诗歌的泥水匠，在20世纪的滴落中，坐在炉灰和尘土中投桃报李。敦煌：我诗歌的首都。

西望长安，在干旱和引颈翘望的爱戴中筑砌的码头。艾伦·塔特说："地区主义在空间上是有限的；地方主义在时间上是有限的，在空间上则是无限的。"在泥沙俱下的溃败中，我所企助的神迹仅仅是获取一种遍体鳞伤的搭救，诗歌的乌托邦，文字的废料场。一卷红色的羊皮书与我在人世间奔跑。噢，敦煌在上，犹如祖国在上，集传奇、谣唱、酒、历史和人民的生息于一体。企及的道路如此漫长，它断送了青春、埋葬下心跳和体温，使黎明折腰。为什么独我一个在"此"，洞悉着被显露与放逐的奥义？走入腹地的深处，像一只骆驼穿过了净水的针眼，如今我打开一卷诗册，让荒凉者更加荒凉，让失败者更加失败，但我迎头痛击的书写并不会因此获得！我的敦煌，和我由此凿试而出的隐秘文字：《大敦煌》。但丁说："你可以学会，说出你的渴望，人家好替你准备答案。"内心的坐标，凸现于万象之上。它歌哭；它鼓舞；它飞升或者引领，倾向于海拔的居住。在路上，隐隐约约地出现了鹰和村庄，异族的嘹亮风采和宗教的经幡近乎想象，是故，海德格尔才说："诗人只是在度量时，诗人才创造诗歌。他这样言说天空的景象，即他服从不可知的神顺应于其中作为陌生者的形象。"

大道昭彰，生命何需比喻。

让天空打开，狂飙落地。
让一个人长成
在路上，挽起流放之下世界的光。
楼兰灭下　星辰燃烧　岁月吹鸣
而丝绸裹覆的一领骨殖
内心踉跄。
在路上，让一个人长成——
目击、感恩、引领和呼喊。
敦煌：万象之上的建筑和驭手。
当长途之中的灯光
　　布满潮汐和翅膀
当我们人生旅程的中途
在路上，让一个人长成——
怀揣祭品和光荣。
寺院堆积　高原如墙　大地粗糙
让丝绸打开，青春泛滥
让久唱的举念步步相随。
鲜血涌入，就在路上

让一个人长成
让归入的灰尘长久放射——
爱戴、书写、树立、起步
　　以至一路高歌。

帛道。
骑马来到的人，是一位大神。

春日之书

茨维塔耶娃在致帕斯捷尔纳克的问询中，曾义无返顾地书写了“我是那抵达的第一封信……”因此，我愿意在这样的时刻翻开春日之书，犹如抵运的心情在古老的庭院里散步、吹息、冥想和相互拥有；或者，我本身是一只门环，而为春日的晓风吹动，让我听取了木塔之上的风铃、拥吻和神示的文字。

让我的诗卷上空无一物。因为它是你的。

我首先看见的是那个女孩儿。在

恍惚和暗夜的提升下，她多像一根银色的哨笛，在我一泻而下的爱戴和追索里吹着、飞行、飘动而至消逝。虽然她已经远离，犹如秘密的出走和火焰的追取。春日之书，那第一页的叙述是这样的：苹果树下的拥抱，犹如一对裸体的神……滚落一地。她鼻梁高耸、美丽自负，让我无端地想见一座古希腊的喷泉、雕像和正午。她应该是这样的，而且愈加如此。她偶尔坐在我心灵的山冈上，长身玉立，手提马灯，光亮了我喑哑的书写和自以为是。世界都已退尽了，那些 18 岁丧失青春，20 岁成为买办的人们在春天的负面索索而动。这使我喑哑和踉跄的奔跑有了尖锐和意义。我愿意这样触及一匹丝绸下的你。你是我诗歌的女神、指南和三本破旧的药典，让我空怀大志，睡入神州。你是我的妹妹、亲人和远处包围的红旗。

女儿希腊，凭着真义和福祉，我将拥有一个可爱的女儿。她在春日的高潮中诞生，亚麻布下无邪的小兽。希腊，在三月的广场上光腚跑过，像我是后中初展的旗帜。而她的生命，又再次印证了我的无知、愚蠢和无病呻吟。时日漫长，万象敞亮，只有行行重行行。

春日之书上写着：美丽新世界。

接着我将再次目击了旧日的黄昏。那个黑白照片的年代，旧书中的武士，旧有，旧地，旧情难忘的回眸。我要在心里迎上前去，我说你是，我的。在春日的节奏和朗诵中，我要一一细察了翻卷的树木、轰响的泥泞、深入的爱情以及举意之下的私奔和牺牲。叶芝说："我们是最后的理想主义者，我们选择了传统的神圣和美好的主题。"并且我将带着我自己，历经精神和肉体、穿州走府、奔走呼号。而事实上我吹动和催醒的只是一个旧日的自我，年轻冲动才华横溢，顺便我唤醒了春日下那一一沉静和长饮的事物：羊圈、马匹、爱人、隔日的尘索、你和另一个你。我喜爱你们全都起身，坐入蒸腾的日光下，双手劳作慰藉心灵。

"伟大而神圣的爱，多么安宁。"（塞菲里斯语）

而我仍然退去，我蜷伏于鲜为人知的音乐和石窟中，凿试着自己粗糙的手艺。我在内心游历了北方和西北的绵远七星，长泪横流。在春日之下，我将再加进自己孤独的耳语和心跳。我看见一个赤子跪领了自然的恩宠和秘示，真义和信心只向赤子打开，而一座国度和人民不也是在巨大的山川上凭听和勤于劳作吗？我要在熙熙攘攘的大街上走进幸福的人群。

我像一个对春天犯了错误的孩子，低着头，抄着手，从春日里走过，或者可能我是唯一的目击者，拾取了久唱和遗漏之沙下热爱的心情。我吮吸了大气和乳汁，披沥而上，犹如窗外健康的树林。我笨拙而羞赧地说出，我是让一只鸟拖来了整个干净温煦的天空。

而为日光念诵。门环开启，最后我看见你款款而至，轻推鲜花的小车，沧桑清冷，微笑频递。你是这反复之下的绿色信使，你是我萌动和成长的日子，春日女神。你灵息飞动，拍我如拍一块田野，犹如穿透了神明的小风。就让我如此深切地吻了你。

在春日之书的封面上，我要醒来。

青铜枝下

青铜枝下，马匹诞生。

推远的大气和背景，以及屋瓴和书卷之下的心情都归于爱戴和一番逐散的追寻。在一阵旧日书简的呵护中，我看见青铜枝下，马匹诞生。不再是第一次的春天，不再是明眸皓齿的初逢和拥吻之下的爱怜，甚至也不是你，旧有的女神和心头怒放的雷霆。让诉说再一次归入了黯淡，让书写停止，当我心中明媚的霞光重又四溢，当我站在四月的明天，那理所当然的节日归于光荣和梦想的春天……

请让我穿驰春分、雨水、惊蛰和清明，在这盛大的曙光下，解放大地的美和我自己。

芳草碧连天。那依次涌入的星辰和大地的栅栏，不是作为美，而是一再止息的精神与灰土。在这个宽大明亮的世界上，人来人往，珍存于旧日的吹呜为谁而死？谁是那凭想中永远的地址？噢，我和整个初生的四月如此深切地爱戴的你，就要驶离。叶芝说："我多想摸摸它，像个孩子一样，但知道我的手指只能摸摸冰冷的石头和水……我们爱得太多的东西啊——我们的触觉却无法估量。"一支哨笛吹着，在久远的质询和谎言中，我和春天的迷离以及爱情，负火而亡的伤口和疼痛，偶将秘密地抵运。

甚至那旧日的辗转。

甚至那甘心的斧子都已神性地光华和运抵。

需要多少努力和慰藉，才能填补这剩余之下巨大的空虚？需要多少激情和泪水，我才能目击这春天的真迹。在我无端的歌声中，漫上山冈的那个女孩已将夜色堆积，而黎明的久唱和关怀又从哪里开始？在一处遥远的庭院中，我细心谛听你的吹嘘和花瓣的垂临，都为春风净扫。如果你是春日和爱情之下破败的努力，如果你失去了一种清丽而行的诗句，不是生活和脊梁的弯曲与击打，你只是我心之一隅中幽暗的花园和垃圾。

除了你，谁配引领这个春天。

噢，“我知道你的梦，你曾梦过，走了，这就够了，就算有太多的爱和恩情在你面前死去，曾使你感到困惑又怎样呢？”“那时，所有的火光都已熄灭，而你在星光下细察那些灰烬”。无力扶助的远逝像一堆燃烧的红铜，从此，“从此”是一个什么样的概念！我倾身而去的七卷诗篇，以及车轮之下的念唱都成为徒然。让你的谎言成为谎言，让人生短暂的过度委弃这一枝喑哑的花瓣。事实上我诉说的只是春天的一节音乐，随风翻开，你的微笑简单如寂寞的音符。而为心情所困的阳光，明亮刺眼。

青铜枝下，马匹诞生。

“我低声说：记忆，你碰到哪里都是痛的。”（塞菲里斯语）咫尺的邂逅，在错误和偏漏中疏远的天涯的回眸，都已真切和坦然，但是请求告诉我这个春天的真相，请求真相背后你依次躲闪的心情。噢，我芳香的身体，等待着你的内心：如此纯洁的秘密，让高洁而行的精神和勇气一再窒息。你曾经是我的谁？而我，曾经又是你的谁？如果一切都将从此消逝，而我们又曾经是谁？

伟大而纯洁的爱，多么安宁。

春天，以及你钢花闪射的伤口，将我和我的生命带到如此之远。我热爱这宽大明亮的世界，我仰承于这水滴石穿的春天。四月的正午，那依次频递的叩门和内心的红云，犹如高挂在空中的风琴，拾取了少年的心跳和琐碎。你是我永远的最爱，春天；你是闪失之后皈依的地址和唯一的思念，女神。我所热爱的你，一直都在起点，像通常所述的那样，凭着什么样神圣奇美的种子，来萌芽这份心情和世界。

但是，无力挽留的春天必将逝去，我所追寻的世界并非你的想象。让天空干干净净；让一再的哨笛拾取了阴霾之下蒙蔽的浮尘；让我内心的房间鲜花盛开，听取了田野上劳作的歌声和朴素的爱情；让我入睡，并且永生记挂着心头的水面上不再凭临的天鹅和妹妹。在一阵旧日书简中，我不再感到巨大的渴意，以及奔跑之中拥戴的这一份幸福的春天。

青铜枝下，马匹诞生。

旧有的风貌，荡然无存。而初生的绿意和马背上深埋的双膝，说的是我第一次仆倒的心情。让箱子和丝绸空着，让诗卷不着一字，让我深埋入你的爱情，醒了，看见并且远离。

自从我突然开始，怀有一种蔑视和骄傲的心情。在我内心的春天，青铜枝下，马匹诞生。

挽　别

美丽如你，让风尘刻画你的样子。

你是我春季直至秋季的一则漫长故事，四季的风景；你是我执信的民谣中三枝漆黑的玫瑰，遥远的火堆；你坐在水上，像一只含泪无语的白羊，秘密的信使；羊脂灯台下，我和夜晚反复梦见的筐篮，美丽的你。

美丽如你，这苹果树下的拥抱，仿佛一对裸体的神，滚落一地。

没有人知道，除了是我。

你在半个中国走动，北方以北——你是我秋风吹凉的草原；你是我头顶神明的灯笼；你坐在土冈上怅望七星之下的州府，刻满我颅骨；深夜的投宿，这凄清的客栈像我膝下的三座羊圈，悄掩柴门；于是你梦见我，轻推一辆鲜花的马车，悄然抵达你的一个念头。

你是我的孩子、女儿、亲人和一卷诗稿；你是雨阵中一座坚持的桥梁；你是你，甚至不是别人；你埋在河砾中，为太阳托举，黝黑而发光；青春飞动，你不知道你秘密的驻足带给了我初次的幸福。

美丽如你，让风尘刻画你的样子。

你是午夜里高挂天空的新娘；你是微醉后走在草海之东的一只马灯；你是我一生难以抵达的远方，光亮人世的灰尘和屋梁；你不变，漫游以至漫游到我再难以倾听和思念；你是我呼喊中的一片纯净的大气，稀少的壮丽霞蔚；你是我难以走开的井台，灌满日夜的泪水。

你这个美丽的哑子，深藏于一只黄昏的马头琴箱，破败而奔跑。你是我一再追索的秋日的神灵，高坐于三匹母马的心脏；你是我晨祷中一片举念的大音，击透千秋的恩情，甚至你也是埋在一双新鞋子中的爱人，健康而自足。

除了你，又会是谁——

是谁在这最后的门厅里坚忍默坐，高声朗诵？是谁，抱住火堆照亮自己秘密的行程：谁坚忍，而从不说出？谁给了我一生中唯一的一吻和散步？众人都已撤场和酣睡，世界退去，如今只剩下我们两个，在这迷蒙渡口的灯笼下交接；是谁，给了我一生的热爱和分明爱憎的天性，使我义无返顾，美丽如你。

你只是我，让我也将你包容进来。你是我的半个身子、妹妹、敦煌、伤疤和羊群。

你是众人离去后仅有的优秀的嗓子；你是尊严和持久的默默无语；你走遍了整个中国的北方，因此你也是北方。一匹豹子，一阵念想和胸廓中无知的饮泣；如今，你和千里万里的马匹草堆走在一起，我一眼认出了是你。

你只是我，美丽如我。

你是我日后的一支劲笔，一沓白纸；你是我难以回复的春天夜晚的悸动和心跳；你是我的爱，一生不再，一生难改。你是我，三只口袋里挺风而立的家园。

你只是我，一个普通的夜晚，望见你——

月光大地，一万只羔羊静坐山冈
美丽如你，今夜使我难忘。

写照片

我思忖，那一辆微型皮卡在疾驰的过程中，一准儿发生了什么。事件发生时，搭载在车厢顶上的那只纸箱子，一定被一个蛮力之人彻底撕开，损毁了，扬弃了，消失了，顺便抹杀了我家的历史。这家伙是谁？暗中潜来，遁逃而去，在一个晴明的午后，干下了一桩不齿的勾当。又或者，缘故出在那只纸箱子身上，心存贰念，潜伏日深，此刻觅见了一个机会，遂带着叛逃的快意，踮起脚，小人得志地晃了晃脸，不告而辞——文学的想象害苦了我，我懊悔不迭。剩下的，只有猛抽自己，把肠子彻底悔青。

搬家的动议提了许久，总一直拖宕着。

母亲说，给我留一些时间吧，我要跟老街坊们告告别，说说话，不能一走了之啊。都几十年了，熟得跟亲姊妹一样，这么唐突搬走，会让人戳脊梁骨的。再说了，也是给你们儿女们争脸，在一只船街道上画个句号，没旁的意思。父亲也别有理由，总说那套新房子有甲醛味儿，养过花，搁过洋葱头，天天开窗，点过蜡烛，还放过烧败的煤砖，但老也吸不干净，头晕。前一个理由无可挑剔，任由母亲乐颠颠地去说长道短，带一脸的泪水回家。后一个却站不住脚。妹妹请了专业的检测人员，三拨儿，一次1000多块，二比一，白纸黑字盖红戳，证明宜居，对人体基本无碍。但一直这么拖宕着，暗中抗拒着，彼此都快烦死了。

我们大院整体搬迁，位列市政府的一个宏伟规划。满街挂满了红幅，喇叭阵阵，身穿制服的动迁人员时时上门做说服，早迁者奖励，怠惰者扣款。某日早起，有晨练者忽然发现街口上停了几辆重型挖掘机，像怪兽一般踞伏着，利牙嶙峋，不动声色。于是大家口口相传，知道日子近了，真的近了。

果然，连街口那几棵阔大的左公柳都被伐倒了，枯木横陈，落叶萧瑟，仿佛大家共同的老祖父。街坊们的心里都揣了一团乱麻似的，个个阴郁，人人自危。那一段，唯有河州来的小贩们幸灾乐祸，收破报纸烂书本，收旧家具，收钢门钢窗，收废铜烂铁，一只七成新的冰箱作价 50，一台老电视出价 30，一辆崭新的小童车只值 5 块。小贩们的脸上说，乖乖，看把你能的，你还舍不得这一堆垃圾么，你往哪里跑？

黄昏降下了，母亲和老街坊们手攥手，心牵心，站在悠长的夕光下，依依惜别。这番情景，像极了日寇扫荡时，家家坚壁、户户清野的样子，每个人的嗓子眼里都凝结着“珍重”这个词，却吐不出口。偶尔，会有某个家庭整建制地站在街上，拍照留念，笑意皆无。后来，出现了有心人，半夜三更地踅出来，口衔手电把子，踩在梯子上，拿起改锥，将红底白字的门牌号码撬下来，收归己有。嘿嘿，这是文物，“一只船街道”呀，将来留给孙子们吧。

其实，我也懈怠着，不愿自己被连根拔掉，失了乐园，丢了理由。有一个算命的瞎子曾说过，呔，那是你的福地，别忘了你姓字名谁。

我叫叶舟，所以先来说说一只船街道吧。

她距黄河三四里，东西向，长不过七八百米，宽约十来步。我出生时，那里布满了高干宿舍、平民院落、柴油机厂、矿机厂、煤场、食品公司、花圈铺、酱油店、国营理发馆和一家牛肉面馆，顶头则是赫赫有名的兰州大学。街旁有几棵阔大的左公柳，冠盖茂密，凛凛有型，给夏天的娃娃们扔下阴凉。街上只有一户人家姓叶，我父亲便给我取个“舟”字为名，做了个顺水人情。后来，这条街道遭到小规模的篡改，面目全非，玻璃大厦和各种K房、火锅城、高档海鲜餐厅错杂其间。一入夜，满地的霓虹让人想起旧时代的标语。

但这条街却大有来头，实在不敢小觑。

当年，清廷重臣左宗棠抬棺西行，率领湘江子弟，跨越黄河，准备入疆平叛时，路经兰州城外，见此地风水甚佳，忍不住赞美了几句。此后，前线战事吃紧，一批批阵亡的将士被送下来，日曝风吹，无法安置。左大人批了条子，令在兰州旧城东门外修建一座义园，以便暂厝亡灵，打算日后扶榇归乡。

说是义园，其实就是烈士陵园。它的主体建筑是一艘航船的模样，高高的船首朝向南方。庙顶的形状，酷似一根桅杆，夜夜升起一盏引魂的桅灯。它被列为禁地，擅入者斩。当时兰州的土著居民们不明所以，在围墙外的草地上赶大集、做买卖、小吃大喝，还统一了口径，称呼她：一只船。100 多年了，义园被风雨剥蚀，早就荡然无存，难觅印迹，但这个诗意的名字却延续了下来。我私下里忖量，她一直在等我，为我施洗。

我母亲之所以拖宕，恐怕还有另一番用意。

几十年了，街坊们的孩子一茬茬长大，结婚，生子，高飞，远走，但民间的记忆始终鲜亮。他们常常咂舌道，一只船街上出了三个好娃娃，一个是王志刚，现在是著名的雕塑家；一个叫蛋蛋，如今是银行家，省上一家银行的行长；另一个是大头明明（我小时候的绰号），叶嫂子的儿子，出息成了作家和诗人，乖乖，老看见他在报纸上的文章。

其实我清楚，他们指的是特定的那一篇。那年，市上即将召开一次会议，要将十几条街道改名换姓，还吁请省内外的大企业来积极投标，用乱七八糟的产品名称铲除旧址，覆盖新姓。“一只船”也赫然在列，岌岌可危，大有天下将亡的架势。街坊们说，简直穷疯了，见过败家子，没见过这么大的败家子，这里头肯定有腐败问题。流言甚嚣尘上，一度传说，已经有一家制造痔疮膏的企业实地考察，相中了一只船，将来呀，这条街会叫“×××肛泰大街”。一时间，街坊们没了胃口，脸色蜡黄，如丧考妣，对这则传言笃信不疑。

我结婚后另过，但隔三差五回去一趟，看看父母，取回自己的邮件。一只船街上的邮递员恪尽职守，也与我颇为熟稔，即便邮件写错了编码和门牌，但见到我这个卑微的名字时，仍会准确地投递到“北街108号”。有一回，我碰上他后，他诡秘一笑，说小叶你趁早换地址吧，改你自己的单位。否则，肛泰大街，呵呵，会让你外地的朋友们笑话死的。我想，我手中还有一杆笔，我该反击了，不仅仅为了这条街的皇皇历史，为了街坊们的心情，还要替自己着想一下。我不能被连根拔掉，变一只丧家之犬吧。这是私愿，但光明，且正大。

我跑进图书馆查资料，访问了地方志办公室，又走访了几位学富五车的老先生。终于，我找见了这条街的今生和前世，听见了这条街的湍急心跳，我夜夜梦魇，情不自禁。于是，我拉大旗作虎皮，将左宗棠老人家推向了前台，用100多年的时光作酵母，发酵不平，酝酿庄严。那时，我供职于一家省级报纸，我的文章发在副刊头条上，用一种抒情的笔调，痛陈历史，摆古讲今，泪水滔滔，像一个顽劣之人在回忆说，我家从前也曾经“阔”过。不用说，街坊们传阅着那一张四开的小报，给我竖过大拇指，对我很是刮目了一阵子。我母亲也渐渐培养出了一丝丝骄傲感，特露脸。

当然，我不相信金石能开，为我动容，也不会断言那一篇千把字的文章有救世的药效，去贴金，去独贪天功。我宁愿相信那一帮委员们从善如流，冥冥之中，被左大人摸了顶，赐了福。委员们一夜之间幡然醒悟，但姿态忸怩。

街道终究改了名，曰“甘南路”，但“一只船”这个悠久的称谓幸免于难，从此蜷缩在马路两端的小社区里，蓬头垢面，如王宝钏和她的寒窑一般。

但这种危机感并未消退，时时针扎着我，就像我预感到，一辆辆疯狂的推土机和挖掘机迟早会来，“一只船”这个名字会被搁浅，雨打风吹去，晾晒在记忆的深处，终至泯灭。我渐渐变得一根筋起来，牛筋，死不改悔。我想，我必须为她做点儿什么。我写了一首长诗，用了挽歌的形式，提前为她谢幕。我还用札记的方式，梳理了这条街道上的旧黄昏、旧歌谣、旧址、旧日人家。我慢慢相信，是的，唯有旧日子才能带给我们温暖。后来，我更欲罢不能，我将自己的小说强行安置在这条街上，让一些虚拟的人物含着斑驳的笑容，走在晨昏当中，徜徉于各自的天命之水上，随波逐流。我记得，许多年前，一个叫加西亚·马尔克斯的记者去了古巴，访问大胡子的卡斯特罗，开口问：

“您要是不做革命的领袖，您最想干什么？”

老卡说，“哈哈，那我就去找一条街，呆在街的拐角处。”

我热爱的诗人叶芝也说过，“归根到底，能听见宇宙歌唱的地方，是你从时间、地点、家庭、历史等方面都已经扎根或决定扎根的某一条街,某一个社区”。于是，我明火执仗，替天行道，越来越一根筋地想写下一只船今生的表情，并勾连出她前世的履历，立此存照，永垂不朽。跑题了，此乃题外话。

动迁小组的人员冷着脸，时时上门，我母亲从街上紧急撤了回来。

一搬家，才会明白“家”是什么。其实，家就是藏污纳垢之地，是废品集散地，是你丢失了很久的一枚钥匙重现天日，是你失散数年的一只拖鞋迷途知返，免不了灰尘扑面，撬门扭锁，翻箱倒柜一通。这时，矛盾也尖锐起来,彼此不可调和,势如水火。父母的立场是加法，扔不得，片纸寸物都是一辈子积攒下来的，一只破易拉罐能卖 1 毛钱，1 公斤旧报纸值 7 毛，板凳虽旧却坐着舒坦，机械钟太老式，可比电子表还守时啊……子女们想的却是减法，一减再减，恨不得将家里的老古董统统扔掉，轻装简行，一刀两断。争执，暴躁，吵架，抢来夺去，将整个家变成了一场局部战争，看不见的硝烟经久弥漫。父亲气馁地坐在板凳上，唉声叹气，说我也老了，老古董了，享不了那个清福喽。母亲也附和说，我们碍眼，干脆把我们也扔了吧，扔了你们就省心了。妹妹在一旁嘤嘤啜泣，委屈极了，一个大受气包。

新房是妹妹给父母买的，乃市内最幽静、最高档的一个楼盘，毗邻黄河，绿树成荫，装修上花了 10 来万。妹妹不甘心，总不能在蓬荜生辉的新房里，再抬进去一些款式丑陋、咯吱乱响的旧家具吧。妹妹下了最后通牒说，该扔的都扔，一个脑袋两只胳膊，大家净身入门。于是又颠来奔去地四处刷卡，将簇新的平板电视、冰箱、空调、各种灶具、床、沙发搬了进去，连门端的脚垫和拖鞋都未撕开包装纸，款然静候。一番冷战中，父母渐渐退缩了，偃旗息鼓，看着那些使惯的家具和器物递进了小贩们的手中，又开始狠狠地讨价还价，一分一厘地涨，似乎只有从价钱中，才能收复失地，得到些许的满足。母亲的表情像一块咸菜，苦涩，发黑，阴沉，大有和它们生离死别的样子。

妹妹找来了十几个新纸箱，装满一箱，胶带纸便封存停当，垒在一旁。

现在好了，父亲在拾掇他的一堆花草，修剪，喷洒，用报纸给花草穿上衣服。母亲安静下来，翻遍了每个抽屉，针头线脑，铅笔擦头，鞋带纽扣，味精调料，汤勺筷子，一寸土地都不愿放过，篦子一般的细心。后来，母亲居然像吸尘器一样，从抽屉、箱底、书本和一个个犄角旮旯里，找见了无数的照片，大大小小，形状各异，色彩斑斓地堆在了床上。母亲说，别动，都别动，我自己来整理。

每拣出一张，她都要睁着老花眼，仔细回味一番，然后用一张棉花纸包裹起来，叠得四方四正，挨个儿捋顺，压平。单独一个新纸箱，照片们规规矩矩地躺进去，互不摩擦，不掉色，不起皱，仿佛一座古寺里珍藏了千年的贝叶经。差不多用了一个昼夜吧，母亲终于将所有的照片安顿妥了，才合上箱盖，用透明胶带封好了，停在家里。这一箱照片鼓囊囊的，几乎胀破了箱盖，流溢出来。那一刻，胶带纸也在暗中缄默地怠工，丝丝拉拉直响，只是谁也没能听出这一种危险。这下，母亲踏实了，准备拔寨走人。

父亲却道，怎么搬呀？谁来搬？

气话。街上早就停满了搬家公司的大卡车，蚂蚁公司，喜乔迁公司，新三力公司，大多是市里最有名的搬家企业。父亲问，搬一次家多少钱呀？妹妹道，整车搬运，一个来回300块，工人们技巧娴熟，训练有素，绝不会磕磕碰碰的，速度还快。父亲说，咱家需要几个来回？妹妹回说，就这点儿破东烂西的，一趟就够了，还富余，人家是集装箱的大卡车。父亲阴下了脸，赌气说，太贵了，我的钱又不是用弹弓叉子从树上打下来的，太宰人了。父亲还说，咱们自己搬吧，你的丰田威驰里天天塞一点点，蚂蚁啃骨头，花不了几天的。妹妹快哭了，执意不肯。父亲讪烂地说，哦，那我雇一辆三轮车来，我自己能行，我来搬。

奈何不过，妹妹遂派了公司的一辆微型皮卡车，外加四五个职员，整装待命。清一色的小伙子，身穿制服，别着公司的徽章，戴着金丝边眼镜，斯文、干净、嘴甜，一见面就喊叔叔阿姨。父亲乐了，一一询问完名字，又召开了一个临时会议，像老政委一样，告诉他们先搬哪一个，后搬哪一个，小心轻放，别太劳累啦。母亲去了一趟商店，买了一大箱冰镇饮料，果粒橙、绿茶、红牛、脉动，另有一盒巧克力，随时能够补充动力。这时，父亲忽然想起了什么，打开一个包袱，摸出了一条软中华（八成是妹妹的）。父亲那时戒了烟，撕开后，一人塞一盒烟，还谦逊地说，不知好不好，你们凑合着抽吧，解解乏。

叶家终于开始行动了，街坊们闻讯后蹒跚而来，跟母亲问长道短，有没有可以帮的，就这么走了呀，再呆几天吧。父亲蹲在楼下的阴影里，仿佛片场的老导演，看着小伙子们奔上蹿下，从六楼陆续搬下了他一生的家当，心里逐一清点，算计无误。来兰州快50年了，父亲娶妻，生子，供养这个家庭，个中的难心和坎坷难与人说，始终不发一语。但在那个夏日的午后，我猜，已迈入耄耋之年的父亲，一定没有糊涂。

下班后，我也成了一只蚂蚁，加入了搬家小分队。

微型皮卡装不了多少货，车斗浅，箱板低，一次只能带几件行李和纸箱。跑了两个来回后，适逢饭口，车子刚进一只船街口，就被父亲拦了下来。走，走走，快进餐厅去，吹吹空调，把肚子填饱了再搬，不急。我私下里问妹妹，这几个小伙子什么的干活？一个个腰来腿不来的，下了这边的六楼，上那边的三楼，竟然喘个不停。妹妹白眼说，你当他们是搬家工啊，人家都是坐办公室的，白领。我金刚怒目道，吃个牛肉面或者刀削面就成了吧，难道非得大餐伺候呀，这不是豆腐搅成了肉价钱么。早知如此，搬家公司最便利了，一次性搞定，还不需贿赂。妹妹也恼了，嗔怪道，你以为都像你们小记者一样，走哪儿吃哪儿，吃了不算，还拿人家的，你还有没有人情味呀。我哑了，埋在餐桌边，尽量掩饰着自己。心说，妹子呀，从购房、装修、搬家这一条流水线上，你才华卓著，功比日月，愚兄自知理亏，这厢有礼了。该顿饭，愚兄买单，给你捧个人场吧。

妹妹捧着一本豪华菜谱，哪张相片好看，就点了哪个菜，六荤六素，一半凉，一半热，端的是宴席的标准。父亲乐呵呵地问，喝不喝酒？你们喝一点儿吧，解解乏。见大家面面相觑，父亲又说，白的，还是啤的？对了，白酒伤肝，就喝一点点冻啤酒吧，还凉快。开席了，父亲又做了一回老政委，以茶代酒，代表叶氏一门隆重致谢，左搛菜，右斟酒，忙得像个古代的知客。一顿饭吃得山高水长，等众人走出餐厅后，几乎快忘了是来搬家的，还以为是做客的高朋呢。

现金买单，我数出了五张，没找零，也没要发票。

母亲站在台阶上，指挥着又装了一满车，被子、棉絮、衣物，还有脸盆、椅子和瓶瓶罐罐等。后来，母亲将一箱子照片挑出来，叮嘱道，一定搁在最上头，千万别给压着了。圆鼓鼓的纸箱砌在车厢顶上，被绳子齐腰拦了几道，捆结实，安妥了。那一刻，日光沸腾，太阳底下并无新鲜，一切尚未露出破绽。

我坐在副驾驶位子上，心思浩淼，坐卧不宁。后排的小伙子们横七竖八地躺着，嘴里是周杰伦，又掐又闹，显见是酒精的作用，让他们在暑天变作了大螃蟹。司机刚开始还老成，现在则处于醉驾状态，一忽儿将车子开成了小舢板，一忽儿又熄了火搁在路上，站在树丛里扯裆撒尿，天开地阔，目中无人似的。我挂了电话，向单位告假，私下里将这一趟搬运任务大包大揽在了自己身上，信任感逐渐丧失。恰值中午，路上没多少车辆和行人，怕司机趴在方向盘上睡着，我递烟送茶，还指着窗外的风景说故事。

喏，这是省政府礼堂，70年代叫反修馆。

啥玩意儿？

反对苏修，苏联修正主义政权。呵呵，那时候，你还没降生呢。

我又说，那里以前是个跳伞塔，空军天天在塔上练习，挺好看，天空中挂满了彩色的伞，像一堆堆大蘑菇。

司机的眼睛像中了毒，基本上开着盲车。

我再说，瞧，这是宁卧庄宾馆，省上的国宾馆。我上小学时，还戴着红领巾，穿着白衬衫蓝裤子，举着一把塑料花，在门口欢呼雀跃，迎接过柬埔寨的宾努亲王。对了，陪同宾努亲王的是叶剑英元帅，和我一家子，他也姓叶。

你也姓叶？

靠。我彻底死了心，一鼻子的灰，快被窗外岩浆般的日光晒化了。我不时偷觑着司机的动静，以便在紧要关头拨乱反正，救亡图存。司机的眼皮像一副赌场上洗动的扑克牌，随时都有出老千的情况，马虎不得。

那时，兰州大学北侧的中心花坛尚未拆迁，所有车辆按逆时针方向运行。巨型花坛，垒成了一座宝塔形状，层层叠叠地砌满了花盆，花叶无精打采，蜜蜂和蝴蝶停在空气中，类如标本，仿佛那个年代特有的一种表情。拐弯时，微型皮卡竟然控制不住，斜刺里杀了过去。司机从梦里惊醒，慌忙拨转方向盘，手忙脚乱一番。车子兜了一个大大的圈子，弧形地绕过了花坛，刹车声响亮。响声停落后，车头端直冲向了天水路北端的黄河岸边，若离弦之箭，慢慢望见了目的地的大门。司机嘿嘿几下，得意非常，将软中华叼在嘴边，一半濡湿了，另一半像狼烟在告警。我居然充耳不闻。

那一刻，我错失良机，一直蒙冤至今，不得辩诬。我家的历史，被一只卑鄙的脚尖霍然改写了，擦掉了，从此石沉大海，杳无音讯。埃利蒂斯曾用诗歌诅咒过一只脚后跟。我亦是。我曾无数次地在梦里携一把板斧，闯进了牲口圈，砍下了一大堆小蹄子，连同它们脚下的油门。无奈，这纯属精神报复。

所以我一直思忖，那一辆微型皮卡在疾驰的过程中，一准儿发生了什么。在那座中心花坛附近，天光大亮，一定有一个蛮力之人，匿形，矫捷，迅疾跳上了车厢，撕开装满了照片的纸箱，天女散花，将我家的历史纷纷扬弃在了风中。前世无仇，今世无冤，这家伙究竟是谁？

奔驰中，我继续懵懂地给司机说着故事，轻浮，卖弄，嘴脸丑恶。但在那个晴明的午后，我却被另一只黑手给出卖了，浑然不察。事后，我反复揣度，一定有一个神秘的因果，横亘其中。

我抱着行李和纸箱，乐颠颠地奔上蹿下，快乐如工蚁。驾驶室中，一帮子年轻人四仰八叉，鼾声大作，睡在了楼下的阴凉里。我不会清点数字，也疏忽了那只装满历史的纸箱何去何从。我扛着一件件家当，竟觉得“家”是那样的轻，那样的不值一搬。犹如一枚锈钉子，本觉牢靠，却轻易地从墙上起了出来。

如此往返了几次，父母在一只船老街上的“家”，终于搬空了。父亲和母亲退在门端外，趴在门框上张看，呀，四壁发黑，光线不足，地砖剥落，呈现出一副副丑态。他们始终哑默不语，在对方的脸上寻求着鼓励和信心，小心落脚，手抚空气，又仔细视察了一遍。空了，这下好歹搬空了，父亲道。母亲却说，别落下什么吧，我老觉得还落下了个什么。父亲嘻嘻说，魂儿，落下了，那也拾不回来喽。父亲从裤兜里掏出链子，认真地卸下了一枚钥匙，交还给动迁人员。母亲像往日里出门似的，关紧了水龙头，闭上了窗户，插上插销。防盗门“哐当”一声碰上的刹那，我看见母亲的肩胛一搐，受了惊似的。

这时，我母亲搂着她一生中最重要的财富——孙子，挥别了街坊们，阴下脸，钻进了妹妹的丰田车里。我儿子贴着玻璃，唤我上车，但我拒绝了。

傍晚时，我走到楼下，将挂在墙上的塑料信箱检查了一番，空无一物。沐浴着夕光，我站在废墟上，最后一次等邮递员的到来，他却爽约了。我猜想，此刻世上的朋友们一准儿知道了这件事，与我感同身受，心若铅坠。哦，他们一定在静候我更改新址，重填邮码，跟我再次联袂江湖，大地漫步，纵酒作诗的。一念中，我竟然情不自禁，心思潸然，不觉泪下。我在心里，冲着一只船街上的“家”弯下了腰，深鞠一躬，有一种悼念的感觉。

我知道，这是一个秘密的仪式，代表家人，代表了藏在暗处的斑驳光阴。

母亲像住店一样，极不习惯。

她在这里摸摸，那儿瞧瞧，这个门进去，那个门里转转，终于认出了橱柜、壁柜、玄关、几只遥控器、各式开关、钥匙、楼层和大小门，渐渐有了方向感。适应下来后，母亲又像个老练的鼹鼠似的，打开了所有的纸箱和包袱皮，忙着将她积攒下的破东烂西各归各位，藏在不同的旮旯里，还在心里画了一张藏宝图，秘不示人。母亲坐在新沙发上，像走亲戚串门子，一不敢动，二不敢躺，身体绷成了一张弓，眼神无助。当时，我儿子还小，调皮捣蛋惯了，是个上房揭瓦、大闹天宫的主儿。我母亲见他又开始胡作非为起来，便气恼恼地追撵上去，将巴掌落在了小屁股上。孙子摊在地板上哭，奶奶也在一旁抹眼泪，下话说，小先人，这不是爷爷奶奶的屋，是你姑姑买的，哭不得哟。孙子嚷嚷说，我要回家去，我不在这个破地方玩了，囡囡不在，虎子不在，尕北娃也不在。奶奶劝慰道，我要能回去，我早回去了，用不着你号丧哇。一时间，母亲的脸淹在泪中，可怜兮兮地说，难民，不是逃难的难，难心的难哟。

入住的第一天晚上，父亲锁闭了几扇门，但总听见楼梯间有人在走动，在叩门，在悄语。母亲搂着孙子酣睡，家中再无旁人。父亲心生忐忑，攥着一把改锥，时刻提防着不测，怕外人侵入（周围有很多正装修的人家，雇来的民工形迹可疑吧）。天亮后，妹妹来取落下的包，一打开门，见父亲已穿戴整齐，正趴在窗户上发愣。妹妹问，你做什么呢？父亲抬抬腕子，指着手表说，唉，这里天太迟，都六点半了，连太阳都没照起来，路上连个打牛奶、卖露水蔬菜、做操跑步的声音都没有，空荒荒的，不踏实。

几天后，父亲的注意力转移了，他的花草一病不起。

父亲内向，一辈子同事多，朋友少，均鲜有私交。年轻时，父亲稍稍喝点儿酒，怕贵，干脆给戒了。也曾抽过一段时间的烟，特劣，一两块一包，气味腥辣。有一次我在家里蹭饭，左手刚搁下饭碗，右手便点了支烟，吞云吐雾起来。父亲剜了我一眼，我还振振有词地说，饭后一支烟，赛过活神仙。父亲不语，将自己的烟和火柴盒捏扁了，站在阳台上，愤怒地扔了下去。父亲声称，今天起，我彻底戒烟了。父亲是老共产党员，“文革”中的苦辛都熬过来了，遑论戒烟。这次，父亲想给我做一回榜样，硬挺着。烟瘾犯了后，吃过大豆，嚼过花生米，含过糖块，终究烟戒成功了，却养成了吃糖的毛病，幸无大碍，随他欢喜。退休后，父亲不爱下楼遛弯儿，不喜串门逛街，更瞧不起一群老头儿半夜三更地围在路灯下，为一盘象棋争得面红耳赤，脏话四溅。父亲成天闷在家里，有两个业余爱好，一是读书，二是电视。

每晚7点，家里的荧屏绝对固定在央视一套，他是《新闻联播》的铁杆粉丝，即便孙子疯闹，要看动画片什么的，他也决不让步，死忠到底。片头曲播放前，妹妹总要揶揄道，你今天要接见谁呀？父亲很笃定地说，今天该罗京和邢质斌了吧，或者说，今天轮到李瑞英和康辉了。一猜中，他便呵呵一乐，环视家里一遭，像检阅着他的人民和疆土一般。看新闻时，父亲笑眯眯地，耳听八方，心忧天下，嘴里还夹杂着解说，瞧，主席咋咋咋的，会议太多，鬓角的白发都生出来了嘛。又说，总理今天又忙，脸色咋咋咋的，该交代下去，别亲力亲为喽。先国内，后国际，父亲对外最关注平壤、东京和白宫的消息了，看有没有对咱们不利的新闻，无则喜，一有风吹草动，他就急得直搓手指头，狂喝茶，频上卫生间。约摸半小时后，遂偃旗息鼓，他干脆忘了这一茬。

美国大选时，我站在麦凯恩一边。父亲指着屏幕上狂说的奥巴马，直脱脱地道，嗐，这小伙子像个领导干部，口才好，能说。我反驳道，选总统，不是选你们单位的科长呀主任呀，再说，你听不懂英语，你知道小伙子在讲什么？父亲勃然大怒，总统没有领导干部的样儿，还叫啥总统，你太幼稚，你真该学学。后来的结果大家都明白，父亲也没寒碜过我一句，仿佛奥巴马是他远房的一个侄儿。另一回，父亲神秘地问我，咋好长时间听不到南斯拉夫的情况了，铁托走了，谁在南共当一把手？我回说，早散摊子了，分成了好几家，谁也不尿谁，还内战了。父亲又问，阿尔巴尼亚呢，地拉那呢，那可是欧洲的一盏社会主义的明灯啊。他的问题层出不穷，比如西哈努克亲王，比如齐奥塞斯库，比如菲德尔·卡斯特罗，比如金正日等等。

父亲爱读书看报，一得了空，就盘腿坐在亮处，戴上老花镜，逐字逐行地一读到底。家里订了本地的许多报，读完了不许扔，整理好边角，捆扎停当，他要亲自卖进收购站，换来块儿八毛的，才觉得妥帖。书也不精致，口粗，经常是我买的一些传记类的、历史类、养生类的，摸到啥读啥。偶尔，我还捎过去一些文学杂志，不知他老人家批阅过没有，但统统不卖，齐整整地站在书架上，陪他过夜。其实，这些都稀松平常，多见不怪。但现在，我要说说父亲的一个惊人禀赋——或许，他是兰州城里最后一位会查四角号码字典的人。

他有两样阅读工具，一只老花镜，一本破旧的四角号码字典。字典跟随了他多年，没皮没脸，只剩下瓤子，乱七八糟地贴满了狗皮膏药。既看不出版本，也查不出出版年代，总之很旧了。我们兄妹在求学时，一般使用拼音或偏旁部首的方式，但父亲很不屑，觉得太费事。一遇到生僻字，父亲便像麻眼的算命先生，微阖上眼皮，在指头上掐一下，果断地报出数字。按这四个数字去翻字典，那个字果真就藏在里头，准确无误。我猜想，后来的五笔字型输入法，或许是受了四角号码查字方式的启发，才得享盛名，风靡一时的。父亲掐字时的神态，仿佛老僧入定一般，使我佩服连连。但我一直规避它，始终不肯去学，甚至有点儿鄙夷。但这并不妨碍我将他的这一绝技，写在了一篇《所有的上帝长羽毛》的小说中，对他发自肺腑地赞美一番。

蹊跷的是，父亲从来不读我的文章。诗歌自不必说，和他隔得太远，但一些散文和小说，他也尽力回避，一问三不知。每回，我将一些样刊送给他，私下里巴望着他会夸奖几句，但父亲迅速插在书架上，归档了事。那层架子，是专为我的作品设置的，未经允许，家人不得擅动。这点儿隐秘的曲折，后来被我发现了，此乃别话。

扔下书本，关掉电视，父亲的唯一嗜好是养花草。花草极其普通，臭绣球，仙人掌，文竹，吊兰，海棠，夹竹桃，月季，等等。妹妹送过几盆君子兰，挺名贵的，还教导说周总理最爱此花了。父亲喜兴了一阵子，喂啤酒，灌营养粉，浇淘米水，天天松土，时时侍弄，统统给养死了。父亲道，还是普通的好，命贱，跟人合拍，绿得自然，和我一个档次。在一只船街上时，父亲的花草占据了大半个阳台，他移栽过许多盆，给楼上楼下的邻居们送遍了。送去的花，后来都被扔进了垃圾洞，害得我挨个儿上门去求饶，又是笑脸，又是作揖，哀求说你们多费心一点儿，要扔的话，就扔远一些，别让老爷子给瞧见，伤了心。

现在，半屋子的花草病了，父亲只得先做个表率，迅速适应这处新居。

见父亲蹴在地板上，铺开摊子，一门心思地开展抢救运动。母亲顿时安静了下来，长长地出了一口气。母亲系上围裙，在明亮的厨房里，擀了一顿长面，蒸了一次馒头，即刻熟门熟路起来。那个下午，母亲将自己像鼹鼠一般藏下的包袱和零碎取出来，开始悉心整理。衣归衣，鞋归鞋，裤归裤，被褥毛毯各自分开，存放在不同的柜子里。料理完毕后，母亲坐在沙发盯着天花板，开始翻起了白眼。

母亲念叨说，差一样，绝对差一样东西，死脑子，硬是想不起来。

魂儿丢了，丢一只船了。父亲道。

那一段，妹妹在电话里商量说，该暖暖房了，给二老一些喜气，叫他们高兴起来才是。否则两张皮，看着就难受，他们就像住宾馆一样，战战兢兢的。结论出来了，我喊一帮朋友，加上妹妹的一帮朋友，在家里开宴，美美地闹一通。我通知了母亲。母亲说，好哇好哇，你带个照相机来，都拍下来，留个纪念。念想至此，母亲忽然惊叫了一声，凄惨地说：

丢了，全丢了。

我愣怔，丢了啥？

一家子人的照片，搬家时全丢光了哦，老天爷——声音越发凄切。

嗐，人在就行，照片没什么嘛。

母亲断喝道，你嘴上别奸臣！

夏末的黄昏，一家人颓坐着，像坐入了冰箱里，冷然，眼生荆棘，漠漠无助，连空气里都布满了一种默哀的情绪。我儿子个人主义严重，不停耍戏着，摸摸这个的头，揪揪那个的脸，一点儿没有加入进来的意思。一纸箱照片丢了，此刻在母亲的眼中，比丢了孙子还难过，背转了身子，偷偷地抹眼泪。我本觉得小事一桩，芝麻大，但被父母的情绪笼罩后，渐渐滋生出了一种罪孽感。我将那个午后的运输路线细细捋了一遍，终于敲定了其中的那一趟醉驾。没错，在中心花坛，一次危险的急刹车。登时，我的脑海里纷纷扬扬起来，不是被刮散的照片，不是暗沉的云，亦不是崩塌的天空，而是这个小小的家庭日积月累的历史，遭到了猛然一击，变成了齑粉，扬弃在风中。

我开始哄母亲，说笑话，扮鬼脸，跟儿子一起逗她。但母亲的脸阴霾四布，很吓人。父亲也坐在一堆泥土和花草里唉声叹气,加重了危机,像一个共谋者。一连几天，这个家失了三魂、丢了六魄，怏怏的，冰锅冷灶，茶饭不思。我给母亲宽心，说等秋天到来后，黄河岸边层林尽染,风景绝美,多给你补拍一些吧。母亲懈怠地说,唉,我以前的样子都没有了，补拍什么，能补拍出我扎大辫子的那时候么。我玩笑说，那给你借一套假发吧，麻花辫。母亲郁闷地说,没了照片,我还怎么给你儿子讲家史、说过去呢，口说无凭嘛。我苦笑一番，又去给父亲游说。父亲默然，阖上眼睛，掐着指头问，丢了几天了，有一周么？我回说，差不多吧。父亲忽然睁开眼，灿烂地说：

凡拾到交还者，我重金奖励。

母亲也精神起来，搭话道，对对对，反正到了别人手里，也是废纸一箱嘛。出钱出钱，买回来总可以吧。

没辙儿，得需要我去跑腿，大海捞针了。我给交广台的头儿送了烟，哥儿们拍着腔子说，老爷子的事免单，连播三天，一小时一滚动。果真，我坐在出租车上，司机们锁定的频率里，男女主持人磨破了嘴皮子，详解了这一箱照片对一个小家庭的深远意义，同时播报了台里专设的招领号码。一个司机说，八成是贪官的，箱子里有受贿的钱，要不不会这样子，跟着了火似的，烦死了。我恶向胆边生，摔门下车。更多的司机则充满了人性，嘀咕道，要是成捆的人民币，绝对早丢了，一箱子照片么，谁要呀，还不是垃圾嘛。那一刻，他们并不明白，身边坐着的这位，就是可怜巴巴的苦主，正一筹莫展。

兵分几路，我草拟出一份寻物启事，打印了一大摞，带着几个死党出发了。我暗忖，自己一介书生，手无缚鸡之力，怀才不遇，报国无门，但在这桩事上我要隆重捐躯，肝脑涂地也在所不辞。我用了一点点文采，语气恳切，言简意赅，将事情的来龙去脉简述了一番。我写下手机号，标明了奖金额度，黑体字，四开，像一份精致的非法印刷品。那一瞬，我浑身的血都滚沸了，像站在易水之畔的荆轲，大有身赴虎穴、引颈就戮的苍凉和怆然。

午夜时，中心花坛附近夜幕沉沉，人烟渐稀，恰是“作案”的大好机会。前后左右有人把守望风，我拎着排笔刷子，抹上一层层胶水，将一张张启事贴在了电线杆、阅报栏、公交站台、广告牌、邮筒和每家商店门前。我和兄弟们绕了一大圈，越干越趁手，越贴越来劲，将中心花坛附近挨个儿涂遍了。我拍了拍脏手，掌声响亮，自觉胜券在握。

想象中，翌日清晨，等所有的路人睁开惺忪的眼睛，踏进中心花坛附近时，他们会“哇”地惊喊一声，人头攒动地拢过去，像阅读一则重大新闻一样，替失主担心，为这个不知名的小家庭捏一把汗，祈祷连连。

皇天不负，第二天上午，一个兄弟短信密告，他在上班的路上瞧见，所有的寻物启事，都被环卫工人用铁皮铲剔干净了。你买的特制胶水不错，很难剐下来啊，像牛皮癣。他讽刺完，又警告说，小心停你的手机，城管和工商执法部门正在追查非法广告呢。要不，你先去自首吧?

于是，消息树孤立寒秋，枯叶飘零，仿佛第一场寒风，提前吹掠而过。

我没去自首，手机也健在。听人讲，市内的城隍庙每逢双休日，都会有大批的小商小贩兜售各种旧物，琳琅满目，花色繁多，去去那儿吧，兴许会撞上大运。我被点化了，大有醍醐灌顶之感。我去过北京的潘家园，见识过那种嘈杂的场面——旧货市场，不就是历史的大扫帚一挥动，将旧日子扫进了尴尬的一隅，蒙尘之所么。在这个意义上，旧货市场其实也是一座教堂，静候着一些觉悟者去忏悔、去革面、去洗心，继而幡然一笑，接续前生。我迷信起来，虽千万人吾往矣。

好歹熬到了一个淫雨霏霏的假日，我揣上一沓现金，带着证件，钻进了那一条隐蔽的战线。城隍庙里灰尘扑面，雨燕穿梭，大大小小不同质地和造型的观音像站满了走廊，戏剧脸谱和傩面具挂满长廊，刀枪剑戟、斧钺钩叉列队待命，市声沸腾，切口四起，令人恍惚来到了清末年间的一天。我绕过玉石摊、旧币摊、唐卡展示、宗教法器、文房四宝、葫芦微雕、刘牡丹、骆驼王、老虎陈、马公鸡和金鱼欧阳，来到了后庭。果然，旧书刊、旧报纸、老照片、老明信片、家书、废旧档案、袖章、帽徽、残存的大字报、“仅供批评之用”的内部材料、歌谣集、古诗词和各类经书铺天盖地，码满了门廊走道。那一瞬，我像进入了一座颓废的后花园，笃信我家的那一箱子照片，一定龟缩在某处，等我召唤。

我问遍了每一个摊位，递烟，赔笑。我虚心说，约摸一周前，家里的一箱子照片不慎遗失，所以。摊主们口径一致，急睃睃地问，啥年代的？祖上几辈子的？卖多少个元？他们的失望疾速而果决，且面含愠怒，一派不屑的歹徒样。我说，我是来求购的，将家里的照片赎回去。我还比划说，那是一只新纸箱，这么高，如此宽，大概有数百张吧，每一张都裹上了一层棉花纸。我坦承，最早的一张应该在50年代末、60年代初，黑白照。那时，我父亲刚刚落脚在此，右上角有一行白字："大光明照相馆"。其余大部分，都是七八十年代以来拍的，彩色居多。等等。摊主们纷纷蹙起鼻子，撂下意见说，不是大人物的，年成也不够，像那样的玩意儿一般不收，卖不了几个小钱。

年成不够？

——紫禁城里的那一把龙椅够年成了，你带着脑袋去试试。

玩意儿？

——对啦，如果我跟上帝说话，那叫祈祷；如果上帝跟我说话，那一定是本人精神分裂了。我赶忙踅开了，心里纠结，悻悻然。

我像一条走上了岸的鱼，嗅着空气中的水汽，茫然四顾。幸好，一位慈悲的大妈喊我过去，请我留下联系方式，私语道，我给你打望着，一旦有人来这里卖照片，你那种纸箱的，我第一个给你报警。我感恩戴德，说了不少的恭敬话。末了，大妈还说，我这里有个好东西，小老板，便宜点儿卖给你吧。什么东西？大妈嘿嘿嘿地一乐，回说，林少保的字，前些天永登的一个农民卖给我的。他祖上出过进士，林少保去新疆路过永登时，在他家蹭过饭，留下了这幅墨宝，快传了十辈子了。我纳闷道，这林少保，人是干么的？大妈在我额头上杵了一指头，恨铁不成钢地说，还戴个眼镜儿，平光的吧？林则徐呀，民族大英雄，虎门销烟的那个，当年蒙冤给发配新疆去了。说着话，大妈摸出了一幅卷轴，款款打开。我一见那两行雷霆之言，顿觉自己小题大做，挺没名堂的：

苟利国家生死以，
岂因祸福避趋之。

人多眼杂，大妈只亮了一刹，就赶忙卷起来，塞进一个布袋里。800，她伸出了指头，别还价。我嘻嘻然地说，太贵了，200。大妈又道，你小子太狠，拦腰砍我一半，我让到400算数。我答，取中间数吧。大妈青蛙似的抽了抽，300 就 300，可别告诉别人是这个数哟，赔死了。我再三叮嘱她，请她替我瞭望着，一有线索立时通知我。我又说：

把林少保先供在你这儿，我去别处转转，回头来取吧。

我混进人群中,头也不回,离开了城隍庙。雨更大了，带着瑟瑟秋寒。这雨曾经浇透过林大人，现在也将我彻底浇透，现金付讫，一拍两散。

于是，只剩下唯一的希望了。

我带着几个朋友，去中心花坛附近仔细摸排了一遍，查找出三四家废品收购站。其中一家除了收购过期的杂志外，还收冬虫夏草和高档烟酒。像照片之类的，一概不纳。另一家倒是开源广泛，门类齐全，恐怕业务太好的缘故,收购的东西周转快,当夜就被运走了,看来没戏。后来，终于打听到了一家规模超大的站点，老板娘很客气，指着露天货场说：

随便去翻，翻着了你们拿走吧。

货场凌乱，满目疮痍，几座垃圾山臭气熏天，苍蝇和蚊子结成团，扑面袭来。分了工，几个朋友各自查找一摊,我负责碎玻璃和烂骨头那一块儿。白云如带，有鸟飞过，我们则像几条暗无天日的蛆虫，往地球深处拱去。

似乎，全世界打碎的玻璃都集中在这里了，茬口狰狞，光芒嶙峋。玻璃山上夹杂了不少的纸箱子，若隐若现，哪一个都像我家丢失的。借了一把锨，我试图涉险登高，没走上几步，就被滑了下来，险些栽倒在荆棘丛中。无奈，我只得朝觐似的围着它转了几遭，一一排除了嫌疑，两手空空。我奇怪地发现，一块玻璃应该是透明的，再覆盖一块，也应该是透明的，但覆压上 N 块的话，它会呈现出一种幽蓝的黑暗，像此刻的我。这个道理，赫拉巴尔没说，《过于喧嚣的孤独》里也没讲。

登顶骨头山后，我失足深陷，快被淹没了。

骇然，恐惧，慌张，越想拔脚开溜，却陷得越深。脚下是各种动物的尸骨，稀奇古怪，构造各异。我猜想，它们都是从城里的每一个餐厅逃亡至此的，从每一个食客的牙齿间幸免于难的。它们是真正的骨肉分离，生前的恩仇与爱恨均已消泯，像一个个活泼生命的现场证供，被随便委弃于此，无人问津。好了，我也是肇事者之一。我能认出牛腿的棒子骨，羊的拐骨和肋排骨，也瞧见了猪的骷髅和骡马的脊椎骨。日曝风吹，它们像劣质的石膏铸制的，在我的脚下嘎嘣一声，化成了粉末。在高高的骨头山上，的确掩埋着不少的破纸箱子，东倒西歪，龇牙咧嘴。或许，其中一只正是我放逐的？

我扔了铁锨，喊来同伴，就此罢手。

入了秋，父母天天送完孙子上学后，便开始“写照片”。

家里没一支钢笔，父亲收集了孙子剩下的铅笔头，削尖，积攒下十几根。没信纸，用的还是孙子浪费的作业本，将空白页裁切好，装订成册。舍不得开灯，老两口吃完早饭，就坐在阳台口落地的玻璃窗前，趴在茶几上，进入状态。一般情形下，母亲负责口述，父亲再加以补充，待口头完善后，父亲在脑子里转换成书面语，落实在纸上。母亲要比父亲小 10 多岁，记忆力好，口述的细节也生动。但父亲比较老到，在母亲尽情回忆的基础上，尽可能地剔除掉一些枝枝蔓蔓的元素，始终铆定在“照片”这一主题上，深究不辍——这些情景，大多是我想象的，我深信不疑。

可以说，父母起草的乃是一本家庭性质的“照片简史”。

这一切，都是在秘密的状态下进行的，不为人知。

每天写到11点多钟，母亲系上围裙，钻进厨房，边做午饭，边大声呼应着埋头写字的父亲，就某一个细节热烈讨论一番。等母亲再从学校里接回孙子时，父亲收好纸笔，已将茶几擦得干干净净，摆好了饭菜，一切都滴水不漏。即便偶尔灵感突发，母亲的眼神会及时制止，父亲也会用一声咳嗽叫停对方。但父亲有时怕忘了，又用铅笔在纸角写一两个关键词，备忘。我儿子灵慧，经常问，爷爷你写的什么呀，做啥功课呢？答案当然无解。伺候完孙子，午睡一会儿，等孙子起床去上下午课时，老两口又腾开茶几，铺好纸笔，开始了工作。《潜伏》热映时，余则成和翠萍一到深夜，拿出纸笔接收电报的情形，像极了他们老两口的状态。难怪，我母亲一看到这里时，往往情不自禁地呵呵大笑，白发摇曳，像闪光灯一样暴露了当初的内心。

入住的小区开阔静谧，游廊和曲径极具艺术品位，时时弥漫着一丝古筝和江南丝竹的背景音乐，沁人心脾。绿化也好，栽种了不少的名贵花木，又是天高气爽的秋季，树影婆娑，飞鸟啁啾。但酷爱花草的父亲对此无动于衷，懒得多瞥一眼，只沉浸在写字当中。怪了，父亲养的那一大堆庸花俗草，却在主人的荒疏中焕发了新的活力，似乎偏要活给他瞧瞧，枝叶蔓延在地板上，乌泱泱的。其实，我明白个中的缘由，花通人心，草接人气。它们似乎是父亲的一幅写真，一直横亘在晚秋中，接续冬去春来。

我要出一个漫长的远差，特地回去一趟。一为告别，二来给父母当月的赡养。在楼下按了门铃，始终无人应门，料想他们散步未归吧。等了许久，一毛糙就给妹妹挂去电话，不会出事儿吧，万一？妹妹唠叨说，特怪，最近一直这样儿，神秘兮兮的，不懂发生了什么。难道，难道他们吵架了，谁也不理谁？妹妹想的更糟，语带不祥，话里一片荒凉景象。不会闹离婚吧？前几天，我一个同学的父母就离了，七十五,八十一，加起来都一个半世纪啦，儿女们都臊死了。妹妹说，你等着，我马上杀到。

上了楼，妹妹掏出钥匙，利索地开了门。

父母头碰头，正在茶几上描画，一见子女闯进来，像弹簧一般迅速跳开了。父亲忙将本子一卷，塞进袖筒里。母亲讶异地说，咋了，你们咋回来了？话犹如此，却面呈赤红，举止僵硬，掩不住内心的窘迫。原来，门铃的电池耗光了，难怪没听见。妹妹狐疑地说，咋回事，你们夫妻识字呢？母亲喜兴地回答，没哟，80岁学唢呐——有心无力，我们在记个小账，怕忘了。父亲顿显客气，忙着招呼说，坐，坐下，喝茶么？抽烟么？父亲的指节上有一块块黑斑，明显是铅笔头留下的，袖子也很臃肿。怕被追问，父亲佯装去卫生间，转瞬之间，袖筒里空了，便故意挥臂，加大了手势，表明自己的清白。我说，楼下空气好，老头们在下象棋，听秦腔，做甩手操，打太极拳，你们也透透气去，别给憋坏了。父亲鄙夷地说，那有个啥意思么，浪费时间。我说，最近没看赵忠祥的动物节目么，我出差时，给你买一堆动物节目的光盘来，让你解解馋吧。父亲慨然道，别花冤枉钱，世上的动物，我基本上都了如指掌了。口气自负，且有禅意。

我猜度，家里一定有一个秘密在运转不息，离我咫尺之距，但我此刻无缘得见。后来，当我窥破了这个秘密后，作为被书写的一分子，作为这个细胞一样的小家庭“照片简史”中的一员，我唯一所做的就是缄默不语，让这个秘密继续下去。苏珊·桑塔格也说过：“所有照片都是死亡的象征。摄影就是参与另一个人（或物）的必死性、脆弱性、可变性。所有照片恰恰都是通过切下这一刻并把它冻结，来见证时间的无情流逝。”（《论摄影》）好了，我的眼前春风拂动，出现了这样的一幕：在深秋或初冬一个个晦暝难分的日子里，父母趴在茶几上，用踉跄的笔触，间歇性的记忆，在努力挽回过去。他们试图将那些斑驳的日子，分解成一粒粒汉字，写在一个个偏旁部首中，慰藉自身和子女。在他们吹气如兰的呵护下，那些遗失已久的照片，在彼此温润的回忆中，一张张地苏醒，一帧帧地显影，一幅幅地放大。这是照片和双亲互相“解冻”的岁月。

那只长宽约 1 米，高 70 公分，瓦楞纸打制的箱子，连同被“切下”的一个个瞬间，淹没在了长街上，随风而逝，不知所终。这曾经带给了父母双重的悲剧：突然间，他们发觉自己被撂荒在了一座游移的断崖上，前半世的生命蓦然坍塌，沉入了无涯的黑暗中。慌乱，茫然，无助，心惊肉跳的一段过去后，他们试着站起来。一对老渔翁，用一张千疮百孔的网，撒向了湍急的水面。而在彼岸，子女们迎风泪下，引颈翘望，构成了他们的后半世。这是一只船街上的生活，别了，断了，忘却了，若一只百宝箱，沉在幽冥之中。

谁说过，唯有旧日子，才能带给我们温暖？

我窥破这个秘密实属偶然。去年春节放大假，家里忽然来了一帮子远方的亲戚。我是长子，少不了款待堂哥表弟们，用他们的三拳两胜，锤炼我的胃袋。小区里爆竹声声，楼上楼下皆是猜拳行令声，我也不甘示弱，以一挡十。很快，我就不胜酒力，被抬进了父母的卧室。

我可能昏睡了一个下午吧，梦也稀薄。傍晚醒来时，周身疼痛，便赖在床上，听客厅里鏖战正酣，沸反盈天。身上盖了很厚的棉被，加上暖气可人，又淡淡地浅睡着。却总觉得脑袋硌得慌，不舒服，像枕在了一根刚刚伐下的枯木上。我拾掇了几下，效果不佳，于是翻身起来，抱着枕头检查。

解开了几粒纽扣，掏出一只荞麦皮的枕芯，发现了一卷本子。

小时候，家里有几只木箱，刷着土红色的油漆，一直挂着锁。为了找好吃的，或者偷一毛钱几两粮票，我曾经摘过父亲裤兜上的钥匙，私下里打开过。我在箱底里发现过各种证书（党员证、工作证、户口簿、结婚证、获奖证书、粮本什么的），也发现过一包罂粟壳（我不识这种黑乎乎的草壳，但纸包上有父亲写的字。那时母亲经常发病，据说罂粟壳有抑制疼痛的疗效，且不上瘾），还发现过很多票证（工业券、肉票、鸡蛋票、副食券等等）。后来，我摸出了一卷本子，用猴皮筋捆扎的马粪纸。出于好奇，我在那个办学习班的下午，穷凶极恶地打开过，阅读过，失笑过。我记得，大多数是父亲写的誓词，和报纸上的口气一模一样，像一只鼓风机，口气挺大。但我还发现了父亲给组织上写的汇报材料，事关我母亲这一家的历史清白问题，涉及了我舅舅、舅母、姨娘、姨夫等等。信的末尾，父亲恳请伟大光荣正确的单位组织，批准他的结婚申请，要求组织上盖一个红戳。

因为掌握了某些机密，那以后，我舅舅姨娘来家里做客时，我开始用异样的眼光来审视他们。在我心中，那份秘密报告的底稿，祛除了长辈们头上的光环，让我的尊敬减了几分，多了一丝傲慢。但长辈们没瞧出端倪来，只夸赞说，这娃娃大了，眼睛长在头上了，嘴也奸臣了，给舅舅姨娘连茶都懒得端哟。此刻，从枕套里摸出的这一卷本子，裹在塑料袋里，令人一悚。

我没敢强词夺理地打开，抱在怀里，心里始终猜度着，究竟会是什么。

门外响起脚步声，蹑手蹑脚的，一定是父亲。父亲悄然进来，替我换了一杯热茶，搁在旁边，又掖了掖被角，站在一侧，长吁短叹一声，似乎对我的醉态莫可奈何。后来，他静静掩上门，又怕孙子孙女们吵闹我，遂反锁了门。我一骨碌坐起来，打开包裹，展纸阅读。

父亲眼睛花了，所以字写得很大。他的字呈圆形，团状，一辈子没舒展开过，却秀气，结实。一页纸写一张遗失的照片。右上角画一个铅笔框子，边缘是锯齿形的勾边，不很规整，毛毛糙糙的，但一眼能认出是照片。按这一页的内容，父亲会在铅笔框子里填画几个人。人只有轮廓，比划不连贯，断断续续地勾出来，接完整。男左女右，右侧的脑袋上一般拴着两根辫子，仿佛我母亲年轻时。纸面右下角，偶尔会注明阿拉伯数字，标明拍摄的那一年。有几张竟然细致到了某月和某日，或晌午，或下午，等等。

父亲毫无艺术功底，对绘画一窍不通，但他的笔墨简洁明了，象征意味极浓。比如画到眉毛时，他使用两枚“︵”，嘴巴是椭圆的“○”，眼睛是两粒“⊙”，耳朵则是左右各“3”，脖子乃圆锥形，细部有些许的阴影。父亲的这种个性化“写作”，我猜，就是后来网络和短信盛行的特定表情符号的最初原型。父亲有了手机后，妹妹发给他的一些符号，他能准确地辨识出来，根本不用请教。捧着这一摞本子，我能读出来，父亲对自己的形象很修饰，浓发，宽额，天庭饱满，地阁方圆。夹在左右中间的我，头上只竖着三根长毛，像摸了电门一般，经久不倒。

每一页的内容长短不一，稀稀落落地写在纸面左首，或叙述，或抒情，或说明，或写几个关键词，想是在留待思考，心里须斟酌。也有内容空白之页，但照片赫然画毕，人物也挤在铅笔框子里，等待命名。这些记载大多时间混乱，想起哪张写哪张，跳跃性很大，根本无线索可稽。我数了数，父母已经写就了四五十页，半本，似乎仍没有停手的意思，因为剩下的半本已安排了页码序号。

耳食着客厅里嘈杂的喧闹，我却安静下来，心脏像一只台灯悄然打开，照着这些模糊的文字和图画。粗略一翻，我基本考证出来，父亲在文中以“我、本人”自谓，用“舟”指称我，用“潮”代表妹妹，对母亲的称呼极为简单：“她，他妈，她妈”。他用这几个词，删繁就简，去芜存菁，将他经营了一生的家记录在案，白纸黑字，不容篡改。

我不觉泪下，掩面而泣。仅一墙之隔，我还能听见父亲和母亲待客的声音，他们窸窣的脚步声，像纸面上这些苍茫的文字，余温未散，字字烨烁。

首页：

舟百天，带儿去盘旋路东风照相馆照相。下小雨，人多，排长队。婴儿凳子太高，舟大哭。舟营养差，吃不上母乳，她害乳腺炎。……托熟人说好了，兰大牛奶场便宜，不兑水，早上五点去打，领导正瞌睡也不管。舟戴虎头帽，他大舅母送的。虎头鞋掉了，一只脚光着……

1966.5.24

某页：

免冠一寸，工作证丢了，回凉州探亲，开介绍信用。头发没来得及理，拥在脖颈子上，照片也累赘。

某页：

东方红广场，毛主席穿呢子大衣的石像下。左一，杜生平，退休后去新疆小姑娘家，说在昌吉，又说在库尔勒；左二，李发琛，小胡子，唐山人；中，李主任，嘴上叼烟，看着不利落，照相就照相嘛，还舍不得扔掉一下？右二，麻国保，回民，嗓子大，改革开放后开了一家牛肉面馆子，听说发了；右一，本人，嘴角上有一个燎泡，搽了紫药水，照片看不出来。

十一国庆，开完群众大会，单位上非要照，照了。

某页：

她哥来了，腿上有风湿，去医院看罢，留个纪念较好。她在家里做臊子面，煮卤肉，招待她哥，没赶上照一下。花一样的钱，人多寡其实不限。

某页：

嬢嬢的小姑娘出嫁，虽说远房的，倒该是亲戚，带她和舟去。排场大，海参鱿鱼都上了，还有宝塔肉啥的，搭了五块钱的礼。知客们有照相机，非要让照，就挨家挨户地照了。一个月后，嬢嬢小脚女人，硬是给送到家里来了，两张，一张好，一张洗坏了，也送来了。招待完嬢嬢，又用自行车把她驮回去了。实话说，照得不好，嘴里没咽完，就偷偷照了。人家的一片心嘛，意思到了。

某页：

腊月，二哥一直催，说回不了老家，就寄一张照片吧。带舟和她，去东口的红太阳。这个相馆好，背后有几个大幅画，有天安门，有万里长城，有海洋，有军舰啥的。

挑来挑去，挑了一个有华表的，像一家人在柱子上靠着，自然些。彩色的，人工涂的色，嘴皮子发紫，是个小缺点。

女人都小眼，老眼热别人，她不甘心，又掏了私房钱，偷偷出去开了一张儿童票。说别人家的娃娃都坐小卧车照了，自己的娃娃也不能不照，惯下的毛病，当时一张儿童票七毛多呢。

舟也眼小，一直哭。放在小卧车的木头壳壳里了，又开始笑。

补：二哥让大侄儿来信，说照得好，人精神，衣服新，几家子的人轮换着看遍了，这下宽心了，挂在二哥墙上的镜框子里了。

某页：

裁下来的一张，旁边是啥人忘了，当时的事也忘了。

只抠出了我，抠得不太好，边子毛毛的，不整齐。应该是单位上的合影。

某页：

黄河北的肺病医院，过春节的时候，我在水房里给她煮饺子。病房邻居照完了，说剩下了一些胶卷，顺便给我和她也照一张吧。太热心，我就坐在床边边上，她垫着枕头照的。

那一段时间太苦，可我黄连树下弹琵琶，苦中作乐，不相信会一辈子苦。

照得其实不好，她瘦得腮帮子也塌了，眼窝像个坑。煤油炉子爱冒烟，我脸上也是油灰，当时不知道，人家也不提醒,像个唱戏的丑角。人家送照片时,我过意不去，买了一提兜冬果梨和软儿梨，人家只象征性地拿了几个，太客气。

舟懂事后问过几遍，我没说照片上的事。

某页：

单位上组织，去雁滩公社帮农。想不到，当时觉得特别远的郊区农村现在被改造成了社区，圈进了城中心里。现在住的房子说不定当时是蔬菜地。

劳动完了，都坐在土坎坎上，吃馍馍喝开水。公社的一个人跑过来照，每个人洗了一张，说感谢城里的老大哥们，每人洗了一张当纪念。当时刚发芽，树上有花椒叶，地上有苜蓿头和莲条，拌凉菜最好吃了。人多，没好意思摘。

我照得不好，脸偏了一下，人家就照了。唉。

某页：

单位上刚装了一条新式运输线，大干快上，马力翻了好几倍，都高兴，头头脑脑们全部站在机器前头照相留念。还放了鞭炮敲锣打鼓的。

人多，脸太小，谁也不认识谁，我在倒数第二排吧。

应该是第三排。

某页：

这张专门去照的，寄给了她哥，也给我二哥寄了，报个平安消息。

三四年了，她一直咳血，还心口疼，吃过中药西药，连拌了晒干的蜥蜴、蚂蚁和苔藓的偏方都使遍了，不见效。肺病医院说是肺结核，省人民医院也说肺结核，最后花钱住进了陆军医院，检查结果更差，说是空洞性肺结核，意思是肺上有洞，X光片有黑影子。吃药治不好，只得动刀子。她哥一听就哭了，拦挡了几个月，她姐姐也来哭，怕开膛破肚，哪怕治好了也是个半残废。她比较坚决，说囫囵着害病，不如去割上一刀，老天开眼了，还能好起来养活娃娃们。我干着急没办法，万一那个了，给她娘家没个妥善交代。我当时想我的先人们没干过缺德害人的事，她家里也没有，老天爷不会耍戏我们的，老天爷肯定一直看着哩，谁好谁坏人家清楚。我签字时，我的手抖，像害了麻痹症。

车子推进了手术室，本来说四五个小时，结果花了一天。半路上韩大夫出来了一次，脸色难看，一直在打电话。韩大夫老陕（作者注：陕西人），说上几遍，我才能听明白意思。原来手术开始了，胸口都解剖（作者注：打开）开了，还拆下了两根肋条，结果一看不是肺结核，没有洞，是肺里头有几块石头，是肺结石。韩大夫问还动不动，动的话就要把半个肺叶切掉，将错就错，领导也是这个意见。我脑子糊涂了，赶紧和她哥她姐姐商量了一下，把人救活就行了，这是最高原则。

她哥站在厕所里哭，哭了一天。我不能哭，一哭就全乱了。

儿子也来了。舟刚考上兰州最好的中学，一中，争气，请了假坐公共汽车来的，书包里还背着早上的馍馍，心思重，一口没吃，坐在楼梯上打瞌睡，守了一下午。她要是下不来，这个家就毁了，儿子就成了没妈的娃娃。

下班前车子推出来了，人整个昏迷着，麻药还没有过去。我问韩大夫情况咋样。韩大夫说割掉了，就看这几天危险期的情况了。韩大夫手里抓着一个塑料袋，里头血丝呼啦的，对舟说这个就是‘病’，你妈身上的病。韩大夫把袋子扔进了垃圾筒，儿子吓得脸都白了。

谢天谢地，三个月后她终于歇缓过来了。人很虚，必（毕）竟半个肺没有了，走路都咳喘，胸口那里有一个坑，塌下去了。该过年了，一家子去照个相，把这一年的晦气冲一冲。人在，啥都好说，没什么大不了的。

附页：

功无枉费的。手术前一天，孃孃送来了三张工业券，加上平时积攒的凑够了。在单位开了介绍信，终于先提出了一辆“永久”车子，二八的，花了１７３块钱。车子上的油纸不敢撕，铃铛上也有油纸，舟也嚷嚷着跟我去，我就把他抱在车子上。一路推着去的，不敢骑怕骑脏了，韩大夫有意见不肯接收（受）。到了医院家属楼下，我让舟看着车子，上楼去给韩大夫讲，韩大夫很高兴，让我扛了上去，停在他家里的阳台上。韩大夫倒了一杯茶，我怕他嫌我是病人家属，身上有细菌，就告辞了。韩大夫给娃娃塞了一个苹果，看着红，吃着酸。

我给韩大夫讲，请他把手术做好，我感恩不尽。韩大夫当场答应了，笑眯眯的，谁也没料到，一解剖开，原来不是这个病。

不过也行，割掉了病灶，到现在捡回来了快三十年的光阴，值当。以后再没见过那个韩大夫，应该休息了吧。

某页：

潮自小爱流鼻血，动不动就流，医院说是鼻孔里的毛细血管太细，脆弱，一动就挣破了。街坊给了一个偏方，说用白色的夹竹桃花砸成泥，敷在鼻孔里就可以了。问题是红夹竹桃好找，白的稀罕。打问了一圈，老陈说山底下有野生的，就带着娘俩儿去了，果真有，美美地拾了一网兜，碗大的花。碰上了小霍一家子来春游，顺便给照了一张。小霍有心人，隔几天送来了，给钱也不要，只喝了一杯不太好的茶叶。偏方就是偏方，后来真正管用了，灵验得很。

某页：

录取通知书来了，一只船街上就两张，蛋蛋一张，舟一张。我和她开心死了，舟却不高兴。舟本来报的是吉林大学，分数够了，结果让师范大学给拿走了。师范大学有优先权，石油，农林，军队都有。这是叶家出的第一个大学生，不容易，硬拽上他们去照了相。

1984.7.14

某页：

姻缘都是天配的。在这件事情上我开通的很，新社会了，我完全支持自由恋爱。舟领来的这个姑娘不错，嘴甜，长得心疼，东北的铁岭人，唯一的缺点是皮肤略黑。大年初一，给了见面礼，她一百，我一百，做了一顿肉饭。潮去邻居家借了照相机，给家里人照了不少，数这一张最好看，都笑得好。

某页：

这张相照得不好，嘴撇的太劲大，歪嘴了。舟在铁路中专干得好端端的，衣服不要钱，帽子不要钱，坐火车免费，工资又高，刚毕业的娃娃，一个月拿八十二块，加上津贴过百了，快撵上我几十年的工龄了，还不知足。舟说手续办完了，办完了还告诉我个啥，先斩后奏。舟说调进了省政府，自己托人办的没花钱，鬼才相信他。

没熟人没靠山，省政府里头不好混，连骑自行车的都是个官员。人靠衣装，马靠鞍装，舟留长发，扎着橡皮筋，还穿花格子衬衣，领导也不来过问，当时担心死了。省政府是明朝的肃王府，门口是武警站岗，一般人靠不上去。那天我和她办事路过，儿子说在大红门前面照一张吧，他的一个同事就照了，样子难看，不如不照。

某页：

海南的开发很好，到处很光鲜，令人眼花缭乱。他们都在海水里游泳，也不知道危险，还是小心为妙。我看动物世界，有海水的地方就有鲨鱼，人是争不过鲨鱼的。我坐在凉伞下喝椰子汁，一抬头潮给我照了一张，样子不雅。潮打通了电话，让我和舟说话，舟问我吃海鲜了没有，我不敢吃，一吃皮肤就过敏就起泡，痒死了。

这一趟玩得好，还要去上海，就是太花钱了。潮的朋友把什么都安排了，五星级宾馆，波音大飞机，车接车送，欠了不少的人情债。要是坐火车就好了，便宜，还能看上一路的风景。死丫头，嘴奸臣，一直不肯答应。

三亚的海水好，蓝的发晕，我喝了两个椰子汁，不甜，味道怪怪的。

某页：

一只船风大，我站了一夜等儿子回来。天亮了舟骑着车子来了，我没追着问，我怕他嫌我重男轻女。我赶紧打了两个荷包蛋，熘了热花卷，看着他吃。儿子说生了，女的，我的心一下子就凉了，气背了。舟又改口说，是个儿子，带把把的，母子平安，他妈正照顾着哩。我的心一下实在了，落在了腔子里。媳妇从正月初四就喊肚子疼，送进了医院，我又不能去，只能干着急。我说了，生了孙子的话，我就唱秦腔，结果到现在也没有兑现。当时我掐了一下日历，属猴，农历正月初七，‘人’的日子，竟然和我是同一天，老天爷赏给我的。

满月时儿女说去外面餐厅包几桌，邀请一些亲戚和同学贺一贺，我没有答应，我主张在家里办，人少，别招摇了，再说外边风大，冷空气到了，怕娃娃感冒。他们同意了，照了一大堆的相，这个房子照，那个房子照，娃娃睡着了，不知道都在折腾他。

唉，可惜这些相丢光了，罪过罪过。

某页：

这是我从医院回家后照的，鬼门关上走了一遭。那天是元月三号，外面下雪，她从楼下取来晚报。我靠在枕头上念报纸，发现了一篇舟的小文章，晚报让他们几个写诗的人总结一下过去的一年。舟说他在父亲住院的那天，去了中心血站，妹妹在里头排队，他偷偷出来，一个人在草坪上美美哭了一鼻子。他还说他要感谢那三个献血的人，不知道他们的名和姓，但他们身上的血救活了自己的父亲，他要给他们在晚报上鞠一躬。反正就这么个意思，记不清了。念着念着，我自己也哭了，我不知道儿子的心思这么重，我的病给他的压力太大了。没念完子女们全来了，硬搀着我下床，站在阳台上照了几张，说庆祝我出院康复。外边冷，窗户下面一只船全白了，我都不知道下了雪。

其实我没有啥毛病，半夜上厕所一不小心晕倒了，吐了一些血。结果害得他们大喊大叫地跑来了，又是叫救护车又是住院的，麻烦大家。输了血吸了氧我就醒过来了，可能是胃上有一些麻烦，可胃镜检查了，激光胃镜也做了，连个出血点都没发现。我的问题我知道，以后再不能吓他们了，也不花冤枉钱。

以后也不能再念儿子的文章了，万一写到我，我又是那个样子，害得他心情也不好，何苦呀。切记。

……

我合上了那一卷本子，翻身下床，像一个窥破了天机的人，反倒满怀镇静，怆然一笑。我捧着它，不忍读下去，却心若明镜，知道自己混迹其间的那一幕幕前尘往事，业已失而复得，在父亲和母亲的记载中，重还人间，绚烂盛开。我用额头贴了贴它，像一个教徒礼拜经书。我款款放进塑料袋子里，捆扎好，又悄悄送进了枕套里，恢复原样。

是的，我想让这个秘密继续下去，请二老在他们人生的黄昏，靠着一帧帧照片带来的记忆与温暖，赐予我一些勇气和信念。

门外有咳嗽声，父亲推门进来，诧异道：

醒了？

我应道，醒了。

你再别喝酒了，你刚才喝醉，我一直揪心你。

我打岔说，亲戚们都在，凑齐了不容易，我给大家拍一张全家福吧。父亲愣怔一下，忽然顿了顿下巴，首肯了。又羞赧地请求道：

你先等等，我换一件衣服，把头发梳一下。

今年春节，拍完全家福后，大家围坐在一起，边吃团圆饭，边说说笑笑地等待春晚开始。父亲停箸不食，一直若有所思。忽然，父亲拽了拽我的袖子，轻声说，麻烦你再给我照一张个人的，特写，特写最好了，光照头像的那种。我奉旨拍摄，见他在镜头里精神矍铄，月白风清，一点儿也不像个快 80 的老人了。拍完后，又调出来给他一格一格地欣赏。

暗中，父亲抓住我的手，攥了攥，悄声叮嘱说：

“一定留好啊，将来能用上。”

我一蒙，大过年的，怕旁边的都听见，忙打断他。

见我不吱声，父亲变色道：

“那你把底片给我，我自己保存吧。”

“这是数码，没底片。”

父亲道，“骗人！我才不信哩。”

一时语塞。

“一张照片一张底片，哪能没有底片的道理，你别拿高科技糊弄我，我脑子清楚。”父亲催促说，“快听话，你现在把机器卸开，把我的底片还给我。”

呼吸酒吧

在这里，我遇见了世上的一切，但唯独遇不见你。

它就在黄河北岸，一厅两室：一些史前的岩画斑驳在墙上，一桶被煮沸的烈酒发着高烧，一堆流淌的烛泪，一群接一群身影晦暗的青年，一场辩论与咆哮，一架走调的钢琴，一次蹊跷的邂逅，一场夭折的斗殴，一首新鲜出笼的诗篇，一辆滑行而至的“丰田”面包，以及一则标题为“道吉草”的传说。

在“呼吸”，在这个逼仄的酒吧，

在水一方，在夜之未央。

往往是在薄暮将至时，“呼吸”才像一条沉潜于太平洋深处的大鱼，浮出了宽阔的水面，露出了它长长的脊身。它静静地伏卧在流水的北岸，用一种妖魅的灯火，与妖娆的歌声，诱惑着水上的船帆和寂寞的舟楫。呼吸，舌尖轻送，唇齿蚌启，它的第一声发音是吐露，它的第二次表达则是对世界的敬礼，呼——吸！

是的！在这里，心灵被放牧到草原和高地，犹如一片焦渴的树叶回到了春天，犹如一把盐回到了水中，犹如爱情遇到了一场神秘的倾诉。

或者，它什么都不是，不是矫饰的夸张，也不是泛滥的抒情，它只是一个公社，一个共产主义提前来到的集体。呼吸，从窗子到墙是七步，从墙到窗子也是七步，在这逼仄的夜空下，麇集着一些颓废的牛羊，和一座铺满黄金的马厩：一位佛爷的侍从在抚摩生平；一个叫老羊皮的家伙在抒发着他对理想的挑剔；一个寂寞的诗人躲进了酒瓶；一个人，叫桑吉才让，他在煤气灯下剥着土豆，仿佛青年的凡·高，走进了传教的矿区；一只披头散发的公狼，迈开了他曲折的舞步；一个怀才不遇的歌手，在喃喃自语，哦，亲爱的，来让我抱抱；一个蛋清一般清洁的女人，却叼起了霉菌般的烟卷……在公社，我还要说说，有一天的午夜，我在热烈地溺尿，一个发光的人，拍醒了我。他说：

“我刚溜出了书本，一本叫《红史》的书，像一个词，溜出了它的宿命。”

我说，可我是谁?

“你是那个书写之人。”发光的人，迅即而逝。

更多的时候，遇到的不是奇迹，而是彻底的呕吐。在呼吸，我们这些城市的病人，兰州的病人，在刮骨疗毒，在舔舐伤口。我们的头脑里塞满了废料，我们的身体里储藏着钢筋和混凝土的波涛，我们吐出了污染和废气，我们吐出了酒精52度和一封情书，我们的骨骼在疼，双眼在发黑，我们爱情的低烧与碰壁之后的酸水，像一匹索然无味的小狗，在嚎叫着黎明。我们哭了，为了一顶夏日的草帽，与一个神圣的人。我们跳着，唱着，仿佛一群蝙蝠引领的亡灵。

——是的，就让我陪你度过，这时代的晚上。

事实上，它也不是公社，不是共产主义的大食堂。它只是一个惨淡的供销社，位于伤心和绝望的路口，去哪里？站在雨里，泪水在心里。一批时代的俊杰像酒瓶一样倒下，一丛丛盛开的玫瑰被提早刈除，一些牺牲的心事流淌在桌上，一份买醉的美好念头，被众人耻笑。

一个秋天的深夜，我站在了供销社的桌子上，说：

“给我酒，给一瓶朗诵之后的烈酒。”

你是谁?

我慨然说：“我是列宁的表弟！”

哦，在青铜的旧日时光里，我们站在呼吸的街角，打着青春的手势。我们被感染，我们沸腾，像一场情欲的火灾，或者，是一场宗教的热病。当我们从车里鱼贯而出，我们这些化装舞会上的过客，带着银行卡、税务发票、退稿和一只健康的胃囊，我们尽情浪费，我们呕吐，我们像一组史前的岩画，被镌刻进狼奔豕突的记忆。

需要，需要把赞美给予一个爱脸红的酒吧管理员，他叫小李。

在这里，我遇见了世上的一切，但唯独遇不见你。

道吉草

在暮色苍茫时看她，她是一只归巢的渡鸦，带着候鸟的属性；在崎岖的歌声里看她，她是一束羽毛，悄然地滑翔或舞蹈；在一堆酒水里撞见她，她是水中的火，冰上的炭，雪里的燃烧；其实，她什么也不是，她就叫道吉草。

一个藏族女孩。

我是和她在酒桌上认识的，一张蛋清般的脸，在烛光下隐现。那一瞬间，她或许分外沉浸，泪水洒满了她的双腮。我在醉眼蒙眬里抬眼，于是认识了她——她有着一种惊艳的美丽：纽约的美丽、巴黎的美丽和耶路撒冷的美丽，埃塞俄比亚的黝黑美丽与巴西的棕色美丽。是的，那是各民族的美丽和全世界的美丽，另外，再加上一点上帝的美丽，全都堆砌在了她的身上。美丽是寒冷的，我和她连连碰杯，我知道，在一种公开的场合，我的主动也是寒冷的。

在酒吧的背景音乐里，一个黑人老头在喋喋不休地唱着：伤心是一根刺，当拔出刺来的时候，伤心就变成了一阵空虚。当时是 2002 年的夏夜，她的身上埋藏着故事，一些凌乱的情节，从她的身上斑剥流淌，我顺水而下，就望见了她。其实，我喝的是酒水，一帮怒目而视的小伙子在磨刀霍霍，门外的一堆板砖，也在伺机发烫。我不能火中取栗，因为美丽也是危险的，而她蛋清般的脸上，掠过了片片惊鸿。

我一共与她见过三次，在大同小异的酒桌上，我放弃了抵抗，专心自暴自弃。

道吉草：一位来自甘肃南部、广袤的黄河上游、一个叫熊猫沟里的异族女孩，忐忑地抱着自己无端的美丽，闯入了灯红酒绿的城市。那时候，城市的报纸已经带着霉菌上路，险恶的银行里存下了别人的青春，污染的教材在说服着滑坡的道德，无数情感的手铐，在锈蚀的途中。

如同此刻，我在酒吧里，举起了饮鸩止渴的酒杯。

道吉草，本来的书写应该是“朵吉措”。“朵吉”是钻石的意思，“措”是湛蓝的湖泊，但在我的辞典里，她应该是“道吉草”——一株吉祥的植物，一束在高原的海拔上静静抽穗、吐露、绽放的野花。

她应该被春风拂绿，又被第一阵秋天的云所遮蔽，像一株健康的芦苇，与鹤起舞，与天鹅为伴，与长天和鲜明的季节相处，啜饮下星宿与宝石，为夜色和流水所衬托。

但她不是。

此去经年，江湖上开始流传起她的故事……而我，宁愿自己的笔折断，也不情愿那些飞短流长的细节在撒播。于是，在一篇中等规模的小说里，我虚构了一位名叫“道吉草”的女孩，我命令她在一个粉红色的黄昏下唱歌——

要相信一点点常识，比如，盐藏在了海水里

要相信一点点爱情，比如，羊毛在身，仅仅是躲避寒冷

——如果这些还不够

要相信佛爷，还坐在人的心里。

绰号：老羊皮

当你老了，炉火旁打盹儿，你抚摸着这一卷用羊皮装帧的书籍，像惠特尼·休斯顿所唱——哦，我曾经经历，那些过去的往事，还在我心里，历历作痛；当你老去，睡思昏沉，那些如血的黄昏和黎明，仿佛一张张青春的羊皮，在记忆的沟回里堆积，你怀想生平，为什么要露出一些龟裂的笑容？当你老罢，你雄心未熄，你将骑在一张飞行的羊皮上，重返昔日的战场，奇迹将会打开，如同失败的拿破仑，渡过了苍茫的海峡。

但是，这并不是一个抒情的时代——

我的每一次赞美，都在碰壁，都在鼻青脸肿，都在走投无路。对了，这并不是一个抒情的年代，而你一个人孤独的挽唱，究竟是什么意思？

像叶芝说的那样——我们是最后的理想主义者，选择了传统的神圣和美好的主题。我们问天打卦，渴盼着内心的突围与革命；我们在星夜下转移，寻找着自己的苏区和根据地；我们撤离了每一场辗转的爱情，而把负心与伤悲的故事，铭记在了远去的背影；我们沸腾着，可在一个荒凉的人世上，却无人取暖；我们爱戴着，像一个人爱戴着他澄澈的目光，与敬爱的双亲；我们蔑视着，像一只狼被锁进了幽闭的铁笼，十指伤残，英雄气短；我们割袍断义，却又不得不与烈士和小丑生活在同一个世界上；我们被歪曲，可正直的脊梁骨，仍旧镌刻着灿烂的七星；我们被肢解，可一首漫长的诗篇，怎能被一个龌龊的屠夫来诵读一番？在人群中，我们深怀尊严，默然前行，而一个肮脏的乞丐，常常会跳将出来，耻笑着我们的足迹。是的，这不是一个抒情的时代，我们错了。

我们错了——像对春天犯下了播种的错误，像对天空犯下了飞翔的错误，像对太平洋犯下了建筑的错误，像一位先知黎明即起，洒扫庭除，他喃喃自语着，说，我刚刚看见了上帝的脸庞，我能证明三尺头上，有他老人家的音容和驻锡。

那么，让我把笔触放低，再放低一些，然后，再低一些——

更多的时候，我把他称作“老羊皮”，或者是一辆“重型坦克”与“天安门城墙”。老羊皮：驾驭着体重180斤的身体，披星戴月，被理想所误，也为生活所苦。一张被污染的皮囊，包裹着一颗永不堕毁的心脏，出没于三教九流的大街小巷，赚取散碎的银两，养家糊口，扶助双女。一座从不生锈的水坝，贮满了对家庭的点滴恩情。一个世俗生活的积极分子：琐屑，但感激生活，热衷于给家庭添一斤热水，来三两调料，加五钱甜蜜的味精，偶尔，顺手给炉膛里塞进一把欢天喜地的柴草。

老羊皮：生不逢时的青年，一张印坏了的报纸，80年代的电大毕业生——如果活在宋朝，他就是景阳岗上的武松，即使到了明朝，他也该是一个暗夜里过江的义军首领。而现在，他偏偏是甘A06182的司机。他把灰尘密布的街道，当成了梦想的迷宫，狼奔豕突的碰壁者，竟然使警察在致敬，路人在侧目。在兰州这个微弱的码头上，他是一个异数，一个平庸腔调的反动者，他一身热血，从不背叛生活；他上下其手，人皆买账，一概通吃，但无人体恤他被羊皮裹紧的心，像一只被愤怒捏紧的拳头。

老羊皮：狂欢节里的总管，酒神主义的拥趸，酒精52度的推销员——在黄河北岸的晚风里，我们喝瘫在天鹅绒一般的暮色里，喝瘫在了柔若无骨的爱情中，我们顺着脊梁骨伤心成泥，浇灌着明天的信心与勇气。我们喝着粮食、雪水、发酵和往事，我们也喝着糖度、季节、十字星座与恶心。田野平畴阔，月涌大江流，我们挽着黄河，把自己呕吐成了一脸盆寂寞的金鱼。

老羊皮：爱情的持不同政见者。他在烟花柳巷里，怒目而视，喊叫说，请上一壶去年的爱情，泡下的龙井！

老羊皮：一个大器晚成的歌手，一个藏族字母的懵懂学童，一本丢失的经书——往往是在旋律升起的一瞬，他的羊皮在舞动，他的脸色在发红，他把钢筋水泥的城市，误以为是毡帐如云的草地；他把森严冰冷的大气，误以为是经幡飞扬的天空。他一错再错，他骑着引擎，自以为是奔驰的神驹；他对着电器嚎叫，还以为是对爱人在倾诉；他抱着一只马桶在呕吐，竟然自以为是采石场上奴隶的领袖，米开朗琪罗？还是斯巴达克斯？

老羊皮：一捧冬日的炭火，一块夏日下的冰，一段粗糙的发音，一句温馨的留言。他黯然神伤，陪伴着一位诗人，度过了2002年最为落魄和坎坷的岁月，他知晓一首诗的转折，他了解一只钟表的心脏。像《旧约》里上帝说的那样：你要善待儿童和诗人，因为他们是我的使者，接待了他们，就是接待我本人。

老羊皮：一本《新华字典》的拥有者，一年级三班的学生，学名马文光。现在，他在我的文字里回到了童年，背着书包，踩着薄薄的黎明，踏进了兰石附小的大门。他刚满7岁，门牙脱落，暗自喜欢上了漂亮的班主任。

是的，他被一卷神圣的羊皮护佑着，回到了快乐的旧日时光，多好！

藏地的持守

在我的文字里，桑吉才让是以画家的面目出现的，他缓慢、隐忍、聚精会神，带着一卷私藏的艺术地理，心气高傲，睥睨群雄。但在更多的场合下，他是一个积极的酒徒，一个融和的朋友，传说与民谣的口头传播者，他还是一个饱满的情感主义者，抱打不平的分子……一个中年发胖的人，穿梭在夜幕下的街巷，奔赴残酷的各类酒局，打点着自己的无聊和寂寞，却在更多的时候，自发地把身体赶进乡野、沟壑、山林中，放牧灵魂，刮骨疗毒，汲取养分。他像一本书，外表混乱，而内里的页面宁静。

他的封面上署名：桑吉才让。他的封底镌着一行字：藏族，油画家。

这样的叙述意味着，我需要指认出桑吉才让作为画家的可贵与难能——在艺术工作者的层面上，他敬畏、持守、内敛、孜孜而求，他像一泓净水，尽情涂抹着内心乱云飞渡的世界；在俗世主义的立场上，他狂躁、愤怒、游刃有余，他的日常生活仿如一辆奔突的拖拉机。这使他的宁静获取了更多的理由和立场，同样，这也使他的日常有了更鲜明的棱角与锋芒。他在俗世的田野里得到了肥料，他在艺术的王国里拾取了沙金。

是的，他的作品是一系列的沙金，披沥而下的沙金。

比起那些首饰店里无数精美的手工，比起泛滥于市的行画，比起以现代主义之名为门脸的坊间制作而言，桑吉才让的作品只能算是热烈的沙金，带着地温、泥土的芬芳、丰沛的元素和粗糙的风骨。他走到了这个时代潮流的反面，他一退再退，退回到了艺术的基本命题，他实践了反动，或者说反戈一击，他拥抱了“慢”“宁静”和“自然”。

恰如昆德拉所说的“慢”。

“慢”，它体现着一种对艺术的认知，一种良好的创作心态，一种负责的理念精神。它可以追溯到达·芬奇、罗丹、莫迪里阿尼、怀斯和俄罗斯的悠远传统，甚至也可以归入短命的凡·高，纯净的高更及公牛毕加索。它同样也能追溯到《诗经》《薄伽梵歌》与托尔斯泰，也能归入于艾略特、埃兹拉·庞德与《野草》中的鲁迅。

而我所言及的桑吉才让，他也瞧见了这一粒闪光的“沙金”。

事实上，这与桑吉才让的生命历程密不可分。他早年出生于甘肃南部的藏族聚居区内，在那一片被史书所称为“安多”的藏地上，他浸淫于古老的山川、民俗、四畜的转移和晨昏的迎送中，那是一片海拔之上的积雪的大地，在藏传佛教的经幡中，在猎猎飞扬的风马里，在鹰翅之下，在草木繁茂的原野上，时光是如此缓慢，它浸透着别样的宗教与哲学，它哺育着另类的思考。是的，生命是轮回的，而生命不过是大地上暂时的栖居者，他应该保有感恩、赞美和敬畏的姿态，它剔除的是那些弑神者和亵渎者。

由是，在桑吉才让的画笔下，更多呈现而出的是对自然之神的膜拜，对河流、山峦、四畜、云影和时间的追随。他的情感是凝滞的，而他的笔端却是漫漶的，他一慢再慢，使那些记忆中的“存在”收敛了呼吸，掩起了妩媚。他一退再退，将孕育了生命的摇篮推至高处，立于海拔，一尘不染。他也一静再静，幻想给了作品以力量，敬畏的血汁使作品得到了生生不息的呼吸。

当然，这是一粒刚从地里刨出来的沙金，它也带着疲惫、倦怠和茫然。

所以这并不是全部，他不仅仅是一个自然主义的描摹者，更不是一个删繁就简的风景画家。现在，在他的作品里，越来越带有一种宗教的肃穆，一枚顽强的核。他像含着一枚沙砾的蚌，必须吐出珍珠；或者，他亦像一块石头，必须在地火和岩浆的炙烤中，变成一粒金子。而这，则是作为一个艺术家的唯一使命，得用一辈子的努力去追索。

我相信，肃穆的宗教就是一种洗礼。

叶芝曾经说过这么一句话，说，归根到底，一个人歌唱宇宙的地方，其实是你生活过的某一条街巷，或者是某个拐角。这位爱尔兰的智者也曾说过这样的话，他说，地区主义在空间上是无限的，但在时间上是短促的；地方主义在空间上是逼仄的，而在时间上是无限的。这样费解的理论搁在桑吉才让的身上，应当是他私藏的一幅艺术地理。

是的，他带着疲惫、倦怠和茫然，同时，也获得了鲜为人知的解药。

像所有的宿命一样，桑吉才让从那个天高地远的背景里抽身而出了，他离开了一座矿藏，一条理想的“街巷”，离开了方言和母语，也离开酥油灯盏和成群的牛羊。他溜达进了城市，学会了普通话和人际，娴熟于各种各样的场面，他遭遇到了流派和纷争，他也成了“沉默的大多数”。在一个泥沙俱下的时代，做一个“少数派报告”的艺术家是何等之难，但往往是如此的持守，才能见证最后的含金量。这一阶段，桑吉才让的作品更多地体味了一种隐忍的格调，一种内敛的锋芒。

某种程度上讲，艺术站了出来，拯救了他，使其获得了一份肃穆的力量。

而我所说的肃穆，非关画家所笃信的宗教，也非关信仰的分歧，而是一种繁华散净后的宁静，一种顽固的持守，加上一番记忆中的赞唱。他有着一卷私藏的艺术地理，这一座仓库乃是黄河上游，乃是藏地的高远，乃是一种神圣的情怀。

肃穆绷紧在画布上，他用这种方式，正在回报艺术本身，也正在朝觐宗教的神祇。

记得刚刚读毕的一篇访谈，加西亚·马尔克斯问大名鼎鼎的卡斯特罗，说，如果你不是领袖，不是一个革命者，你最想去的地方是哪里？卡斯特罗不假犹豫地说，去哈瓦那的街道，去某一个拐角处待着。

是的，需要在每一处笔触，每一个音符，每一颗字母里放进五种东西——灵魂、感情，思想、身体和卓绝的勇气。我以为，这五种东西的总和，乃是肃穆的激情。

桑吉才让正在这一条道儿上奔跑，我感佩于心。

那是2001年冬天的一个雪夜，我第一次碰见桑吉才让，微凸的肚腩，凌乱的长发，拗口的汉语，我怎么也和他的作品扯不上联系，后来，渐渐与他熟知了，也渐渐读懂了他的艺术趋向。现在，在任何一个场合里，我都尊称他为“阿卡桑吉”（阿卡，藏语哥哥的意思），我想，其实这是我在向艺术致意。

我写了如下的诗篇，我想从他的作品里取来暖心的火，度过创作的寒冬。

一个弯曲的世代，需要一本书
一本黑暗的史册也需要被无私地记录。
在深夜的街角，需要一个哲学家含泪说出——
我们不是医生，我们是疾病本身。

问老桑，天空的渡鸦还在奔逃

一盏祈愿的油灯，还在人世上徘徊——
你从灵魂的牢房里越狱而出
你昏暗的眼睛，触摸到了什么色彩的迷雾？

问老桑，纪律的法轮里是龟裂的字母
一块远方的玛尼石板上，镌刻下古老的笑容——
你沉寂的书写，像一个老游击队员
什么年代里，你还在讲述着一本作废的地图？

问老桑，需要什么颜料
你才能成为一滴早上的露珠？
在酒精和鹰隼之上，凭着什么样的心跳
你敛尽了寺顶与经幡上的光？

带着一个时代的病菌，是的
你切实的朗诵成了一场歌哭——
你避开了繁复的仪式、人际、回忆和合唱
一盏玻璃的心，趋近了一个孩子的幻境、星星、草地和梦想。

一面镜子里的路

朝向哪一片扶摇的桑烟？一卷疼痛的画布
要藏下多少爱情的散步？问老桑——
你颤栗的笔触，究竟在哪一段枝杈上飞舞？

你沉淀了晕眩和狡黠，你在一匹马背上
安顿下宗教和黎明。在城市的挽唱中
一颗奔突的灵魂被砌进了水泥。问老桑——
什么岁月，才能建筑下一片滚烫的风景？

像银子一样叹息，如果可能
在神圣的马厩里要诞生一位上帝，我们颓丧而麻木地爱着
像一道圣洁的海拔，爱上我们自己。问老桑——
这周而复始的人间，需要什么样的祭礼？

请买一场深刻的醉，请一张天堂的桌子上
端坐下一群花团锦簇的天使——
请一辆沸腾的拖拉机，带走荒凉
请一个名叫桑吉才让的画家，说出甘肃以南的泪光。

街上的事物

我住在一条国槐荫蔽的小街上。它的样子还保留着70年代的风貌，缓慢、悠长、日光散淡。我喜欢在街上溜达，东瞧瞧，西望望，买几个锅盔（大饼），拎一把芹菜。这是一种类似小说的生活，充满了市声和油烟气，带着隐秘的欲望。

它背倚皋兰山——皋兰，乃是一种香草的名字，与兰花同科。如兰之城，就是“兰州”一名的由来——距黄河也不过才二里多路。在写下这行文字时，满街的槐花开了，那种暗淡的清香又符合诗歌的身份，有来路，但不需要追问。

因为，一首真正的诗是拒绝剖析，经不起踏勘与究问的。它应该是一团浑圆的气息，扑面袭来，养人性情。

在小街的一角，有一个调料摊子。

三轮车的盖板上，摆满了几十只瓶瓶罐罐，里头约略有花椒、大料、肉桂、小茴香、丁香、白胡椒、木香、陈皮、白芷、姜片、白果、甘草和肉蔻，等等。这些名目，使人仿佛能窥见一座万物生长的植物园，一片葳蕤的土地，迎向四季。摊主是个40出头的人，经年坐在凳子上，抽烟喝茶，打望着过往的行人，表情木讷，不苟言笑。说实话，我从未见过有人在他手上称过哪怕半两三钱的调料，似乎他从没开过张，但也不见他发急，去做别的什么营生糊口。每次路遇，我总心里一堕，很为他捏一把汗。有一年腊月里，我心血来潮地想煮一斤羊肉，便按着菜谱上的说明，在他那里买了一两小茴香。料没有用完，后来也不知所终，但替他开张过一次，见面总要点点头，各自闭住嘴巴。

早起时，他支妥摊位，将各色调料盒一一打开，摆定后，自己泥塑在一畔。傍晚收工了，他又挨个儿拧起来，骑行回家。我不了解他的家境，只知道他是调味品的主人，出售香料。残酷的是，他的那些杂乱的香料，还抵不上周围卖创可贴、内衣内裤、陇西腊肉、酱醋店、裁缝铺子、彩票店和麻辣串的生意红火。落雨时，他会支起一把大伞，护紧调料盒；日光沸腾时，各色调料会泛起奇异的光泽，像炖着一锅生活的内容。

现在，我似乎明白了。

事实上，我们每一个诗歌写作者，都有一个内心的摊位，需要悉心去守护，去经营，去秘密地保有。诗歌，不再是日常必需的盐，亦不再是沾满露水的大路菜；它只是一条修身的秘径，一种催问性灵的香料，不分寒暑，无论短长。在这样一个逼仄的时代，诗歌仅是一种奇迹的香草，却不再有身世和谱系。

但，盐是什么？

唯有上帝他老人家，才斗胆说："我是你们中间的盐。"

阿卡刘醒龙

是在东湖，在武汉。那天下午，李敬泽、李修文和我三个人，坐在水塘边钓鱼。其实不准确，钓鱼是个幌子，我们是在晒老阳儿，在仔细抽烟。秋末的日光落下来，泻在水面上，将三个人的嘴脸写得很危险，鱼群和我们对峙着，不分高下。其间，修文断喝一声，动作夸张，收获可怜，7 米长的竿子，挂着四五厘米的小鲫子。修文不忍，后慈眉善目地放了生，惹得敬泽与我很尊重，连连夸奖。这时,刘醒龙来了,中等个儿，寸头，上身铁锈红的休闲装，满脸笑意。

日光很亮，也照在他身上，有一层红晕，仿佛一袭藏传佛教的袈裟。按着我在藏地的经验，我觉得他像一位刚刚走出了寺院的僧侣，闭关经年，苦修完毕，刚刚踏行在红尘世上。后来才听说，他的那部皇皇大著《圣天门口》，果是苦修的成果，六年磨砺，一朝问世，惹得业界好评如潮，众说纷纭。

他打过招呼，站在岸边，瞧三个人嬉戏。修文作了介绍，他与我握手问候。这是我们第一次见面。与我此前想象中的刘醒龙迥异。他安静、内敛、轻声细语、脚不沾尘，似乎刻意不去惊动什么。但他的“杀气”却重，消息慈悲，鱼群早已掩面而去，不露端倪。此后的时间里，我的鱼漂若三寸铁钉，纹丝不动地钉在水面上，萧条不已。

收了竿儿，逆光走在回去的路上，照旧有一层红晕。我越望他，越觉得是一位喇嘛。不知为什么，这一印象始终留存在我的脑海里，挥之不却，时至今日。

晚上凑了一干有意思的人，在宾馆地下室的酒吧里闲谝，大多是江湖传闻和段子。谢有顺口才极佳，记忆惊人，出口成章。我也不闲着，顺势抖了几个包袱，大家频频笑场。刘醒龙坐在吧台一侧，安静若一尊瓷器，抿嘴，绽笑，恰到好处地捧场。我猜想，这应该是个有内力的人——“坐密室如通衢，驭寸心如六马”（冯友兰语）。半夜时散场，不见了刘醒龙，他走得悄无声息。

不久后，他动静却大。一本本新鲜的《芳草》，显示出他的另一面才华。扉页上的“汉语神韵，华文风骨”，当是他的自信和雄心。几年来，以“主编刘醒龙”的名义和品牌，《芳草》办得风生水起，有口皆碑。也算不辜负他。

去年四月，我有幸获得了该杂志的一个奖项，去武汉沾吉。行前，刘醒龙嘱我，想听一听西北民歌“花儿”。我遍寻兰州的音像店，只挑剔地找出了两张碟片，心存狐疑。后来，修文说，刘醒龙是个对边疆有无限神往的人，草原、雪山、沙漠、戈壁等等旷远的风景，对他有一种莫大的诱惑。我知道，这些风景乃世上的神迹，犹如歌中所唱，“不是真人不显圣，只怕你是半信半疑的人”。我还知道，这种神往其实是一个人内心的“气象”，遂心生感佩。

他在正午的日光下迎来，寸头，含笑，依旧是一层红晕。我幻觉丛生，误以为是黄河上游的某座寺院里，偶然走出的一介喇嘛。我将碟片交给他，光斑一跳，仿佛神示。

颁奖是在黄鹤楼上举行的。青山不墨千秋画，绿水无弦万古琴，一派古意。刘醒龙是仪式的主持人，他羞涩、红脸、讷言、静安，声气不大，仍旧规矩地坐在主席台的末端，按部就班。他身后是一列青铜编钟，亘古地挂着，将内心的轰鸣敛入骨骼。我猜想，这或许是他的一丝敬畏使然。会后，他陪同一车的客人前往古赤壁采风，一路上静默，肃然前行。那时候，荆楚大地的樱花开了，香气袭面，像他的小女儿，被众人问候，被他时常挂在嘴上。

再见他时，是去年岁尾。他到北京办差，专程来鲁迅文学院，看望第七届青年作家研讨班的朋友们。在一家湘菜馆，他几乎将全班一网打尽，办了整整三桌的宴席。不善饮酒的他，居然喝得满脸赤红，来者不拒。我坐在一畔，很为他担心，拦挡数次，无功而返。他和同学们频频举杯，一干而尽。在高原的寺院里，喇嘛们就是如此激烈辩经的，高下胜负，难以立判。餐中，有同学引吭高歌，歌声杂沓。他支颐谛听，依旧是守着一份安静。

但他是一个热心肠的人。师妹郭海燕，既是他的粉丝，又是他的手下。当初在报名入学时，刘醒龙慨然送给她一台笔记本电脑，又奖励每月千元的生活费。提及此事，同学们除了歆羡外，多是自恨世无伯乐，黄金入土。小郭也极为争气，在南下实习的火车上，还在为编辑部四处约稿，通宵审读。我偷偷给刘醒龙发了一则短信，赞美此举。刘醒龙复：小妹妹，多多照顾。

“我们是在黄昏时到家的。从车窗里望见系着旧抹腰的母亲，孤单地等候在院门外的那一刻，我第一次发觉，一生中最先学会、叫得最多、最了不起的称谓，竟然无法叫出声来。最后还是女儿趴在怀里，冲着奶奶，响亮而又深情地替我叫了一声生命中最爱的母亲”对于动辄洋洋百万字的作家刘醒龙来说，这一篇小散文《母亲》，或许是他安静的另一份写真：大爱无言，怀着信念与感恩。该文载《读者》今年第 7 期，可以一阅。

在那次宴席中，我吼了一首西北民歌，说送给“阿卡”。刘醒龙一脸迷惑，不知何意。现在我可以解释了。它是一个藏语词汇，意为：“兄长”。

一本小书的愉悦和暗喜

每天早上，我的信箱里都插满了各类邮件，有的是订阅的报刊；有的是杂志社惠赠的刊物；有的是各地诗友刚印出来的民刊或大著；一小部分，则是自己发表作品后的样刊……说实话，处理这些书报很是恼火，耽搁时间不说，存留一久，办公室里也整成了废品仓库似的。再说了，不去浏览一眼形形色色的标题，便觉得吃了暗亏，跟不上信息或潮流，心里也发虚。于是，拣出一些熟人的文章来，预备午睡前再翻翻，其他的都被保洁员拾掇起来，运进了收购站。

在这样一个耐心溃败的时代，写作是多么危险，又如此脆弱无助。

但今早上不同，我从一堆邮件里翻检出一只小信封，粗糙的牛皮纸袋，带了划痕和油渍，小 32 开。本来不在意，只当是普通的来稿——其实，我早就忘了这一码事儿，更不曾料到，一篇小小的文章会登载于类似的刊物，并带给我持续的愉悦和暗喜。

数月前，《钟山》杂志的李思清兄约我写一篇谈作文的稿子，怕我懒惰，他还谈定了稿费标准，等等。这本杂志叫《全国优秀作文选》，是由凤凰传媒集团的江苏教育出版社编辑的。我答应了，并很快应命写了《给伟大的想象力以证据》一文。现在，它怯怯地藏在一堆书报中，像鸽子，更像我的一部分少年记忆。

甚至不是写，是矮下身来，跟我的少年时期对话，拉一段家常往事。

——先是从一则俄罗斯童话入手的，叫《青蛙公主》。

故事说：有一位父亲，叫他的儿子们往远处射箭，用这种办法来选择新娘。两位兄长，一个选中了王子的女儿，另一个选中了将军的女儿。但最小的儿子的箭没有射中宅院，而是落在了池塘中，一只青蛙衔着箭，从水中跃出。因此，他必须和这只青蛙结婚。由此，故事在这里埋下了伏笔，机深似海。

但事实证明，这位青蛙新娘能在夜间蜕下蛙皮，尽一些她的妯娌们所尽的义务，比如缝制衬衣，烤面包，等等。但她终究是一只青蛙，改变不了前定的宿命。故事的悲剧色彩一步步递进，它要接近谜底了。而谜底不过是一场危机。

有一次，青蛙新娘提出要参加国王的一个舞会，第一次作为一个凡人出现。她蜕去蛙皮，将它留在家里，和丈夫去了王宫。在舞会上，每一个人都为她的美貌所迷，争相和她共舞。她的丈夫，却瞒着妻子，悄悄提前离开了王宫，回家将蛙皮给烧掉了。这是一个严重的错误。因为，新娘离不开她的蛙皮，否则她会因为干渴而死的。现在，她只好弃丈夫而去，独自一人去滋养自己的生命了。

故事的结尾，是这个愚蠢的丈夫从此生活在哀愁之中，相思而病。就算他是个诗人、情种和作家，写了一马车的怨词骈文，也属白搭。

其实，各位看官都明白了，这则故事有另一层意思。

事实上，最初读到它时，是在郑敏先生编译的《美国当代诗选》(湖南人民出版社出版，1987 年 9 月第一版）一书里。在该书的末尾，郑敏先生意味深长地译介了美国的大诗人罗伯特·布莱的《寻找美国的诗神》一文。上述的《青蛙公主》，恰恰是布莱用来谈及每一个诗人，该如何保有内心的湿润与力量的。

在童话的基础上，布莱更进了一步，阐发了每一位写作者对于文学的准则。他说，如果我们抛弃了青蛙的皮，我们将无法与古老的本性的品质发生联系（我们害羞、虚荣、爱面子，心里有无数的理由想说服我们去烧掉它）。况且，我们都曾以不同的方法，焚烧过自己的“蛙皮”。结果，我们烧掉了，又难以启齿，因为我们失去了一些愉快的、令我们为难又宝贵的秘密的东西。布莱给我们开的处方是——恪守艺术的训诫，包括研究艺术、经历坎坷及时时保持蛙皮的湿润，灵动且敏锐。

我在那篇小文章里这样写道：是的，保持蛙皮的湿润，让它带着生命、尊严和感动，也让它时刻喂养我们的心灵和写下的每一个文字。

那一刻，我其实是在校正自己的罗盘，写作的内力，以及对危机的避让心。我同样认为，最重要的“湿润”，乃是保持我们每一个人的想象力，不使它受玷污，更不能使它损毁，一误再误。因为，它有自己独特的生命，不能被规章制度、社会分工、阶层和阶级，以及眼前这个凡俗和消费的社会所耗净，丧失营养。没有了想象力，个人会枯萎，而文明的进程也无从谈起。在这样一个浪漫主义大面积溃败的年代，想象力应是最后的一缕光束，若衣锦夜行。

1994年的中秋夜，月满如镜，天地光华。我抱着牙牙学语的儿子，走在兰州一只船街道上。我指着浑圆的月亮，给他讲嫦娥和月桂树，讲奔月和玉兔的故事，想让他也“湿润”起来。孰料，他指着说：

“月亮好肥好嫩呀！”

我哑然。那一刻，他璞玉未琢，他是湿润的，他是幼小的诗人。其实说到底，我们一辈子的写作，都是在给伟大的想象力以证据。

那是一本小小的书，单薄微弱，既不夺目，也不豪华，仅有薄薄的64个页码，新闻纸印刷。但它带给我的愉悦，比那些大而无当、口号喧天的刊物来得更熨帖、更暖心、更朴素。阅读一帮孩子们写下的文字，我似乎找见了丢掉许久的那个我，那一部分的想象力，那一截湿润的稚嫩。后来，我将它砌在显眼的书架上。它像一只鸽子，悄然敛起翅膀，保持着秘密的心跳与温度。

但什么是证据，又如何去支撑伟大的想象力呢？

想不起当初应命写这篇文章的动因了，是掘井自饮？还是顾影自怜？细数自己写过的那些文字，品读同时代的优秀作家们层叠而出的皇皇大著，究竟有多少作了证据，去说明“想象力”一词？此时，忽然想起海德格尔的那句话：“培养和关心，乃是一种建筑。”我想，这恰巧表明了我的初衷。

2000年，在我的诗文集《大敦煌》即将付梓印刷前，农历正月初一，我一个人跑到了千里之外的莫高窟下，去祭扫常书鸿先生的墓茔。在空寂的沙漠深处，寒鸦飞绝，天空陡峭，一派萧瑟。唯有巨大的莫高窟壁立着，像一笔经年累积的卷册，屏声静气，有待识读。我点上烟，祭了酒，陪常先生坐了好久——那些砌筑了敦煌文明的工匠、画匠和泥瓦匠们，此时湮灭在了时间的深渊里，但莫高窟却挺立着，像一笔笔证词，支持着这一座伟大的想象力的建筑。

太阳堕入了地平线上，晚霞放射。它像一枚有力的橡皮，擦掉了早些年的细节，湮没了过往的劳动和号子，徒留下逼真的建筑。在凛冽的罡风中，我蓦地忆起荷马的诗句：“一代英雄，归入了夕阳。”

后来，我在壁画上找见了一个词：供养人。

说到底，每一个时代的写作者，都必须保持住自身的“湿润”，以“供养人”的身份与心态，去完成个人的文字之功，去充当一回伟大的想象力的美妙证据，去作一块耐心的砖，去洗清一个蒙尘的单词……

如此，便全美了我们的书写和歌唱。

比形容更逼真

对我来说，2005年是从一个词开始的：形容。它的词义乃是对事物的形象和性质加以描述，比如人的长相和表情。春天开始的那一段，我在武汉的木兰湖畔，写一个叫姜雪子的女警察。我将她安排在云波诡谲的现实中，叫她吃尽了苦头，连连碰壁，以此榨出生活的真相。年底时，该小说发表在公安部的《啄木鸟》杂志上。一个以章子怡为楷模的女演员给我打电话，毛遂自荐地欲出演姜雪子这一角色。这下，我为难了她。

所以，写作是一场虚火，比不上生

活的烈焰。

我更希望她出现在《孔雀》那样的电影里，简单又缓慢。而我的故事，则是需要一个破绽百出的人才能演绎，因为它泥沙俱下，仿佛派出所里的一份笔录，按下手印，不能翻供。形容是容易的，需要一张词汇表，一点点可怜的想象力，再加上一台电脑。问题是，比形容更逼真的是脚下的生活——它像一辆刹车失灵的车，跑在单行道上，再也没有了回头的可能。一年，掐着指头算，就这么一寸寸消失掉了。

虚构的写作，更像是犬儒主义的产物，让你跟生活去媾和。

我的小侄女诞生在春天的封面上，幼小的上帝，使这一年的内容生动起来。我替她取名叶子涵，就是去掉了形容的矫饰，使她素朴和硬朗起来。现在，她跟在另一个叫李梦菲的小丫头后头，开始牙牙学语起来。而语言即是一个人对生活的形容，它有自己的一套修辞，也有自以为是的逻辑。我挺揪心，怕类似的形容污染了她们的童年。

翻过这一年，就是“文革”发端40周年的可怕记忆。我自己的童年就是在那一刻被玷污的——标语、口号、焚书、揪斗、游行……恰是在这样的噩梦前，形容又丧失它的基本能力。可见，写作是多么虚无的一件事。这一年，我写下了一篇《反回忆录》。我试着去对那一段黯淡岁月立此存照，但画上最后一个句号时，才发现竟如此无力。

7月17日凌晨，我父亲吐血晕倒，气息低弱，血压几乎降至零。我抱着他，在急救车打闪鸣笛地穿过整个城市时，我觉得自己就是一名消防队员，需要去扑灭这一场火灾。它真实得像一根针，戳在我心上，容不得一丝一毫的形容。这不是一场虚火，不能扬汤止沸；相反，它是生活的烈焰，只能去釜底抽薪。

当弟妹排着队，等着买血的时候，我站在中心血站的草地上，偷偷地哭了一鼻子。我记下了那三位供血者的尊名，我从心底里感恩、感念、感激他们。这一年，我在心里竖起一块碑，默默地镌上了他们的名字。

比形容更逼真的是滚烫的鲜血——带着爱、义举和他们的体温。

片 段

从石头城下来，前头的路断了。

是在帕米尔高原，在塔什库尔干的八月。我取出馕，半块西瓜，潦草地打发了那个午后。日光太亮。白色的风吹向巴基斯坦，或印度。石头城悬在半空，像荒凉的月球表面，记录着过往的征伐和异族的更迭。更远处，时间流淌，雪山堆积，光芒放射，一簇巨鹰安坐天庭。我知道，其中一座雪山是慕士塔格。它是“冰山之父”。

前头的路断了，我被困在葱岭一带，靠一张地图取暖。

次年秋末，我怀着缱绻的心理，又一次横穿沙漠、戈壁，进入了边疆北部。在第一场寒流和疾雪前，我在金箔打制的阿勒泰一带饮酒、唱歌，走街串巷，静等一位失约的人。在凛冽的风俗中，我辨识着异族的字母、酒精的刻度和羊肉的膻腥，在一堆牛粪炉火前搓手。天空沸腾，迁徙的鸟群扑面而来。是的，我遭逢了一位牧蜂人。他率领一群群空气中的青铜器，奔逐于边境线上。他笑曰："我要酿造！"

是谁说过：南方和北方，其实是同一卷书？

如此了，我身体中的这一卷地图，越来越薄，越来越线路模糊，几近于透明。我在辗转忐忑的途中，修订了我的词汇表，纠正了方向，刻画出了我诗歌的地理。我在一个人的地理中礼拜、敬畏、奔行不止。我还明白——一个人的地理就是这个人的宿命。

说到底，诗人不是一种职业，更不是一份荣誉。乃是一种前定的性格。

我想往一种诗歌：像西北穆斯林的"花儿"一样简洁；像蒙古族的长调一样婉转；像藏族的民歌一样抒情；像我的母语——每一个汉字那样凝练，夺人魂魄。在现在进行时的同场竞技中，允许我使用减法，一退再退，回到大陆的腹地深处。

并持有我自己的一份诗歌地理。

相同的理由，罗伯特·布莱却这样诉说 :“悲痛是为了什么？在那遥远的北方。”广天之下，在旱塬沟壑里背起几面山上的肥雪，等待来年饮用的穆斯林兄弟们也如此漫唱——

花儿本是自家的话，
不唱，是由不得自家；
刀子拿来头割下，
不死，还是这个唱法。